DANS LA MÊME COLLECTION

Anonyme, XIIe siècle, *La Geste du Prince Igor*. ♦ François Augiéras, *Les Barbares d'Occident.* ♦ François Augiéras, Paul Placet, *La Chasse fantastique*. ♦ José Blanco, *Pessoa en personne*. ♦ Alain Bosquet, *Marlène Dietrich – Un amour par téléphone*. ♦ Jean-Jacques Brochier, *Un jeune homme bien élevé.* ♦ Jean Chalon, *Une jeune femme de soixante ans*. ♦ Claude Michel Cluny, *Vide ta bière dans ta tombe*, *Un jeune homme de Venise*. ♦ Charles De Coster, *La Légende d'Ulenspiegel au pays de Flandres et ailleurs.* ♦ Mohammed Dib, *Les Terrasses d'Orsol*, *Le Sommeil d'Ève*, *Neiges de marbre*, *Le Désert sans détour.* ♦ Henry James, *« Reverberator »*, *Une vie à Londres*, *L'Autre Maison*, *Heures italiennes.* ♦ Jack Kerouac, *L'Écrit de l'éternité d'or*. ♦ Abdellatif Laâbi, *L'Œil et la nuit*, *Le Chemin des ordalies*, *Chroniques de la citadelle d'exil.* ♦ Mohamed Leftah, *Demoiselles de Numidie.* ♦ Carl von Linné, *Voyage en Laponie*. ♦ Malcolm Lowry, *Chambre d'hôtel à Chartres*. ♦ Raymond Lulle, *Le Livre des bêtes*. ♦ Fernão Mendes Pinto, *Pérégrination.* ♦ Jean-Luc Outers, *La Place du mort*. ♦ Ramon Pané, *Relation de l'histoire ancienne des Indiens*. ♦ Oscar Panizza, *Un scandale au couvent*. ♦ Jean Pavans, *Persée*, *Sauna.* ♦ Éric Pessan, *L'Effacement du monde.* ♦ Phèdre, *Les Fables.* ♦ Pindare, *Œuvres complètes*. ♦ Paul Placet, *François Augiéras, un barbare en Occident.* ♦ Catherine Pozzi, *Agnès.* ♦ Eça de Queiroz, *Le Mandarin.* ♦ Victor Segalen, *Les Origines de la statuaire de Chine.* ♦ Sophocle, *Œdipe roi.* ♦ A. C. Swinburne, *Les Contre-Feux de l'amour.* ♦ Urbano Tavares Rodrigues, *Bâtards du soleil.* ♦ Jean-Marc Tisserant, *La Nuit du peyotl.* ♦ Franck Varjac, *L'Agneau chaste*.

Minos

collection au format de poche
dirigée par Colette Lambrichs

DU MÊME AUTEUR

AUX ÉDITIONS DE LA DIFFÉRENCE

L'Héritage de la nuit, roman, 1995.
Monsieur d'ailleurs, roman, 1996.
Le Petit Anarchiste, roman, 2001.
Un couple désespéré, roman, 2006.

CHEZ D'AUTRES ÉDITEURS

Les Antipodes, poèmes, Gallimard, coll. « Le Chemin », 1976.
L'Imprévu de tout désir, poèmes, coll. « Le Chemin », Gallimard, 1990.
Création poétique et poésie, essai, Pierre Bordas et fils, 1990.
L'Étoile absinthe, roman, Verticales, 1997.
Coups francs (collectif), nouvelles, Gallimard jeunesse, coll. « Folio junior »,1998.
La Jeunesse de Molière, roman, Gallimard jeunesse, coll. « Folio junior », 1999.
L'Ami d'Angelo, roman, Gallimard jeunesse, 1999.
Au nom de la Pompadour (avec Jean-Paul Desprat), roman, Flammarion, 2001.
Fragile Paradis, roman, Berg international, 2002.
La gloire est un éclat de verre, roman, L'Archipel, 2002.
Les Lèvres de la Joconde, roman, L'Archipel, 2003.
La Dame de Provins, roman, L'Archipel, 2004.

Cet ouvrage a été publié pour la première fois chez Hatier en 1994.

Pierre Lepère

L'Âge du furieux

1532-1859

UNE LÉGENDE DORÉE DE L'EXCÈS EN LITTÉRATURE

2e édition, revue

Minos

La Différence

À la douce mémoire
de Jacques Brejon de Lavergnée.

À mes parents, Gilbert Lepère
et Anna Decori.

Les vingt-quatre lettres de l'alphabet couvent dans la grammaire la malignité occulte d'un venin.

Cyrano de Bergerac.

Poètes, voici la loi mystérieuse, allez au-delà, extravaguez.

Victor Hugo.

PROLOGUE

De lierre ou de vigne...

« Autrefois, au temps de ma jeunesse, et même plus tard, quand j'aimais les romans d'aventure ou les mélodrames, j'ai vu que ce qui me passionnait surtout, c'était *l'incertitude sur l'identité des personnes.* C'était la grande ressource, inépuisée encore aujourd'hui, de la Fiction pathétique. » Ce que Léon Bloy, dans *L'Âme de Napoléon,* applique à l'empereur, je pourrais le dire des écrivains qui m'ont sollicité. Comme l'auteur du *Désespéré* a décrit, nouvel évangéliste, le chemin de croix du Corse glorieux, j'ai voulu rédiger, à partir d'existences contradictoires, placées sous le signe de l'éclair, de la fureur et du choc, une légende de l'excès. Ce livre ne prétend pas à l'exhaustivité, sa perspective est cavalière, son développement capricant. Cracheurs de blasphèmes, manieurs de lyres désaccordées, fredonneurs de refrains louches, rieurs jaune, trameurs de peurs bleues, égarés, fulminants, dégoiseurs inlassables, à telle figure dûment inscrite sur les cartes je ne fais faire ici qu'un tour, tandis qu'à telle autre, aperçue par hasard dans un jeu défraîchi, j'offre une revanche en passant.

Dans le trente-deuxième poème du *Spleen de Paris* (*spleen*, mot anglais datant de 1745, vient du grec *splen* qui signifie « rate »), dédié à Franz Liszt, « Le Thyrse » (bâton entouré de feuilles de lierre ou de vigne, surmonté d'une pomme de pin, que brandissaient les fidèles de Dionysos), Baudelaire décrit le génie comme « un amalgame tout-puissant et indivisible », où s'unissent infailliblement « ligne droite et ligne arabesque, intention et expression, roideur de la volonté, sinuosité du verbe, unité du but, variété des moyens... ». À l'image du musicien de la *Faust Symphonie*, « chantre de la Volupté et de l'Angoisse éternelles, philosophe, poète et artiste », que Baudelaire, pour finir, « salue en l'immortalité », mes héros ne sont-ils pas, eux aussi, des « Bacchant(s) de la Beauté mystérieuse et passionnée » ?

Ils travaillent dans une perpétuelle frénésie mais par à-coups, se contenant longtemps avant de cracher un poème, d'expulser hors du corps quelque démon ventriloque, de reconnaître leur défaite et alors, soit de se taire, soit de fomenter dans l'ombre un nouvel éclat. Ce sont des gens qui se font violence d'abord. Et si les moyens dont ils usent vont de la ruse au chantage, le résultat est le même. Tantôt ils nous font assister à cette violence au moment exact où ils l'exercent, tantôt ils exhibent les traces plus ou moins récentes de ces tortures particulières.

Mais chaque auteur n'a, tout compte fait, guère d'occasions de se reconnaître dans le miroir de ses écrits. Il est toujours son propre bâtard. La voix du sang est la plus forte, qu'il soit échangé, versé, transmis ou sanctifié. On crierait à moins. Est-ce pour cela que j'imagine les furieux, « Achilles immobiles à grands pas », comblant cette distance, cette perte, par la stridence et la transe, la vélocité de la peur ?

Frénésie, frénétiques.

Je lis dans un *Petit Dictionnaire portatif de la santé* du XVIIIe siècle, signé par M. L... et M. de B..., et réédité avec un avant-propos de René Char aux éditions G.L.M en avril 1954, cette description de la manie : « Délire perpétuel et furieux sans fièvre. Ceux qui sont attaqués de cette maladie se jettent sur tout ce qui se présente, brisent tout, maltraitent ceux qu'ils peuvent attraper, en sorte qu'on est obligé de les enchaîner, encore rompent-ils souvent leurs liens. Les maniaques ont le regard audacieux, des yeux enflammés et le visage pâle. Ils sont d'une force et d'une chaleur si grande qu'ils viennent à bout d'un homme le plus robuste et qu'ils ne craignent point les froids les plus violents ; ils se mettent aisément en colère, quoiqu'ils soient ordinairement gais. Ils sont agités de visions pendant le sommeil ; ils aiment les femmes avec fureur. Tout cela en outre, il faut qu'ils le décrivent. Les malades atteints de ce mal parviennent à une vieillesse assez avancée. »

Le mot « frénétique » a, dès la latinité, une connotation médicale. *Phrenesis* dérive du mot grec *phrên* qui veut dire « âme » ou « pensée ». On appelle « phrentis » une fièvre particulière accompagnée de délire violent et d'insomnie.

Une fatrasie de Jehan Bodel d'Arras, poète lépreux de la fin du XIIe siècle, me semble exprimer cela à merveille :

Un ours emplumé
Fit semer un blé
De Douvres à Oissent.
Un oignon pelé
S'était apprêté
À chanter devant.
Quand sur un éléphant rouge
Vint un limaçon armé
Qui leur criait :
Fils de putains, arrivez !
Je versifie en dormant.

Ronsard écrit dans le poème dédié à Catherine de Médicis qui ouvre la deuxième partie du « Bocage royal » :

... Mon fils, la Poësie
Est un mal de cerveau qu'on nomme frenesie,
Ta teste en est malade, il te la faut guarir.
Autrement tu serois en danger de mourir.
Tu resembles aux chiens, qui mordent en la ruë
La pierre qu'un passant pour les frapper leur ruë ;
Ainsi tu mors autruy comme fol insensé,
Et non toy, pauvre sot, qui t'es seul offensé.

Recueil des Nouvelles Poésies (liv. 2, 1563).

Ce mal, cette fureur qui s'emparent des amants des Muses, leur embrumant l'esprit d'une fumée d'aurore, n'est-ce pas l'insomnie du verbe qui les traduit le mieux ? Une manière exaltée de la vivre ? Excès de vitalité, de loquacité, qui conduisent au somnambulisme du sens. Les furieux empêchent la langue de dormir. Leur littérature, lit de ratures éclairantes perpétuellement en crue, est inséparable de l'idée de liberté, de libération. De la certitude que nos facultés doivent s'exalter sans entraves, voire s'exaspérer au contact des objets du rêve ou de l'imagination. Conception antique de l'écriture, que l'on trouve aussi chez l'un de nos contemporains les plus illustres et les plus cachés, E. M. Cioran. Sa *Confession en raccourci* s'ouvre de la façon la plus claire et la plus franche, à brûle-pourpoint : « Je n'ai envie d'écrire que dans un état explosif, dans la fièvre ou la crispation, dans une stupeur muée en frénésie, dans un climat de règlement de compte où les invectives remplacent les gifles et les coups. Cela commence d'habitude ainsi : un léger tremblement qui devient de plus en plus fort, comme après une insulte qu'on a encaissée sans répondre. Expression vaut réplique tardive ou alors agression différée : j'écris pour ne pas passer à l'acte, pour éviter une crise [...] Je n'ai pas écrit une seule ligne à ma température normale. »

Dans l'essai sur Joseph de Maistre qui inaugure ses *Exercices d'admiration*, Cioran note ceci, qui prouve que la fièvre d'un écrivain vrai monte des mots eux-mêmes qu'il lui faut assembler : « L'impulsif de goût qu'il était se penchait, au milieu même de ses grandes colères, sur les minuscules problèmes du langage ; il fulminait en littérateur, voire en grammairien, et ses frénésies, non seulement ne nuisaient pas à sa passion du tour correct et élégant, mais l'augmentaient encore. [...] Ses préjugés et ses lubies, ce fut son humiliation de ne pouvoir les ériger en lois. Il s'en vengea par la parole, dont la virulence entretenait en lui l'illusion de l'efficacité. »

Composer est le dernier souci du furieux. Il est naturellement confus, embarrassé, ne suit aucune ligne directrice, musarde, accélère son débit ou semble faire du surplace. Il tonne pour, l'instant d'après, murmurer, patelin, des patenôtres. Le regret de cette veille rassemblée qu'alimente le pur amour lui colle à la peau. Si l'on entend quelquefois chez l'imprécateur un écho de prière, celui-ci grince et griffe comme un impossible élan, une mélodie codée de nostalgie.

Confusion, rougissement qui paralyse, écart de maladresse, emmêlement des pinceaux, couleurs qui bavent, traînées de soufre qui trouent la toile d'un ciel mal inspiré, ridicule poignant de l'artiste qui, ne pouvant atteindre la cible, la modèle suivant l'énormité de son regard et le tremblement de sa main, autant de symptômes qui décrivent la geste furieuse.

Ajoutons-y le débraillé sublime de celui qui trempe dans la vie comme dans une barrique de vin, qui s'exalte en rythmant des chants de garde, entre cuve et chemise.

Après Hamlet, Falstaff. Et de toute façon, dans l'ombre, le cri des cancres qu'on assomme, l'éructation des rêveurs du dernier rang : qui dort danse !

Il y a des êtres qui sont pétris de mots. Tout leur corps est langage, le moindre de leurs gestes une inscription. Écrire, au sens où nous l'entendons, leur est inutile et quand ils s'y sont risqués, les volumes issus de cette redondance ont pu nous paraître superflus. Livres en forme de chambres d'écho où leur voix s'enfle de s'être levée du brouhaha originel.

Car les hommes dont je parle, s'ils ont confié à la blancheur de la page leurs secrets les plus éclatants, c'est à la manière dont Alexandre trancha le nœud gordien, par l'éclair et le rire de celui qui passe outre.

Certains écrivains, harassés d'avance par le dur désir de nommer, le combattent, le brident. Cela leur confère parfois une sorte de génie dont on devine, dans les blancs qu'ils n'ont pas comblés, la présence qui brûle. Embaumeurs de silence, ils écrivent avec l'ambition effrénée de se taire. Cette façon de tourner autour de l'encrier, de ne jamais faire mouche, de travailler dans le presque, d'assembler des dentelles sur une ombre, ces tressaillements de plume où ils craignent de reconnaître leur effroi et qui les arriment à un secret sans chair, en font des fous de l'approximation, des maniaques de la marge. Le mot le plus courant est, à leurs yeux, à leurs oreilles, le plus volatil. Dédaignant de le saisir, ils remontent à l'oublié du bord des phrases, au mot qui a cessé de désigner et se résigne au vide qu'il ne trouble plus.

Ce qui est obtenu là par défaut et par crainte, d'autres l'obtiennent par audace et générosité, une nouvelle façon de jouir du hasard.

Ils ne découvrent rien grâce au labeur patient des archivistes mais font leur miel de la volée d'un juron, de la trouvaille lancée au petit bonheur par un ravi de cabaret.

Quand les dénominations des choses semblent épuisées, ils vont au-delà, inventent des syllabes qui font surgir un réel différent d'entre les ruines du verbe. Ils surnomment. Ils surdisent. Pour eux, le réel du langage n'est pas une bibliothèque où des rais de poussière dansante accompagnent les pages que l'on tourne, où des vocables qui ont roulé jadis comme des dés sur une piste de feutre supplient tout bas qu'on les ranime pour d'autres jeux, pour d'autres feux. C'est une rue chaude où grelots et crécelles couvrent plaintes et dols, où d'énormes hochets profanent le jour normal.

La vocation d'oser, d'aller aux sources littérales, aux zones franches, est sans cesse menacée. Elle entraîne quelquefois ceux qui l'ont choisie à écrire en « raison libre », comme les cyclistes du dimanche roulent en roue libre. Elle les guide aussi vers la plus haute voie, car elle exprime d'abord la sève d'une âme et la semence d'un esprit.

Quelques-uns de nos furieux le sont par rapport à une norme qu'ils reconnaissent, subissent, redoutent ou inventent.

Quelques-uns encore, loin de congédier le juste milieu, le considèrent comme une terre promise dont ils sentent confusément qu'ils ne l'atteindront pas. Ceux-là ne rêvent que de mesure, de calme, d'équilibre voluptueux. C'est à leur corps défendant qu'ils se déploient, grotesquement ou pathétiquement, dans l'univers de l'excès. Mais, sur les murs de leur prison mentale, ils dessinent les fenêtres ouvertes où leur crâne en beauté se fracasse.

Enfin, il en est qui traversent une ligne idéale, une frontière mouvante entre deux aspects d'eux-mêmes, qu'ils choisissent tour à tour selon des cycles internes mystérieux.

Question de moment, question d'époque.

LE THÉÂTRE DES OPÉRATIONS

LE POULAIN FURIEUX

Les promesses d'un nom.

Jodelle. J'aime ce nom, il a je ne sais quoi de hardi. Un oubli très tendre le modèle, l'errance d'une joie qui n'est pas d'ici l'éclaire de l'intérieur, un envol inassouvi le fait trembler dans la gorge qui le dit, on y entend déjà le blason des *amours jaunes.*

1532 (?) : Étienne Jodelle, fils d'Étienne Jodelle, marchand, et de Marie Drouet, naît à Paris. Il sera le seul Parisien de la Pléiade. Enfant, il ne quitte guère la rue des Lombards, la rue Saint-Denis. Ses camarades ? Il les recrute au cimetière des Innocents voisin, muré sous le règne de Philippe Auguste en 1186. Une interminable galerie aux quatre-vingts arcades en fait le tour. Les riches y aménagent leurs niches funèbres, loin des ombres ordinaires. Nicolas Flamel, l'immortel, a fait construire la partie qui borde la rue de la Lingerie pour y placer le tombeau de son épouse.

Jodelle, à dix ans, respire l'odeur du forcènement de la mort. La poussière et le temps dansent leurs gigues dans les pas des piétons pressés, projettent leurs fresques sur les voûtes que retouche le crachat des mendiants, qu'éclabousse la semence des esseulés. Il se repaît du brouhaha des boutiques – lingeries, merceries – et des bureaux d'écrivains publics où l'on peut écrire aux âmes du Purgatoire pour cinquante ou soixante sols. N'a-t-il jamais poussé jusqu'au centre du cimetière ? Jusqu'à ce prêchoir carré où le diable sermonne ? Jusqu'à la tour Notre-Dame-des-Bois – l'archange saint Michel y monte la garde, le clair de lune a l'éclat d'une armure ? Jusqu'à cette lanterne de pierre en forme d'obélisque où, du crépuscule à l'aube, vacille, comme si elle éclairait les errances de la Nef des fous, la flamme d'une seule bougie ? A-t-il épié ces confréries secrètes d'orphelins qui chantent, le cul en rond, serrés les uns contre les autres, et d'hommes revenus de toutes les guerres qui, les nuits d'hiver, font feu de tout ossement pour se chauffer ?

Rue de la Ferronnerie, l'ancienne rue de la Charronnerie, il rêve dans la rumeur des embarras, le cahot des carrosses, les surprises armées des heures – arcs bandés du soleil, hallebardes de la pluie, bataille des premiers mots du monde, paille où l'esprit s'allume.

L'adolescent-lumière.

Il n'aura pas le temps, Jodelle. L'humeur incertaine, capricieuse de son sang le lui crie, l'encre fume sous ses doigts, il a des visions qui le dressent sur son lit, jouet des Muses, ces catins aux gorges basses qui hantent les récréations de la nuit. Quand il a quatorze ans, paraît un poème signé de son nom en tête des *Œuvres* de Clément Marot publiées à Lyon, une « Épitaphe », brassée de vers haletants, libation rouge sombre comme ce vin de Cahors dont raffolaient les papes d'Avignon :

Quercy, la Cour, le Piémont, l'Univers,
Me fit, me tint, m'enterra, me connut ;
Quercy mon los, la Cour tout mon temps eut,
Piémont mes os, et l'Univers mes vers.

À dix-sept ans, Jodelle débute vraiment, avant Ronsard, avant du Bellay, mais après son condisciple au collège de Boncourt, Jean Antoine de Baïf. Jour après jour, il aligne des strophes impeccables, des rimes qui sont des miracles d'équivoque et de clarté. *Sonnets, odes et charontides*, poèmes funéraires où la mémoire de plusieurs siècles chante, mausolées liquides, brefs éclats ou lames d'écume qui portent longtemps le lecteur, s'amoncellent, se croisent, étincellent, circulent, se chuchotent. Le jeune poète se trouve au cœur d'un groupe d'écrivains qui ne se sont pas dépris du sillage marotique et resteront toujours en marge de la Pléiade : Hugues Salel, abbé de Saint-Chéron, Guillaume Des Autels, dont Ronsard écrira que la loi, la rhétorique et la Muse le suivaient comme leur fils unique, et qui, dans son *Amoureux Repos*, dédiera un sonnet à Jodelle où celui-ci est comparé à un poulain furieux – on doit aussi à Des Autels une sorte de Parnasse drolatique intitulé *Mitistoire barragouyne de Fanfreluche et Gaudichon*, Claude

Gruget, Guillaume Capel, Charles Fontaine qui saluera dans ses *Ruisseaux* le triomphe de *Cléopâtre captive*, Claude Colet (grâce auquel Jodelle rencontrera Simon Symon, dit Henri Symon, son parrain dans la voie théâtrale), Colet auquel il dédia un poème en latin : « *Qui Traecis oriundus eram, qui natus in agro / Rumilio, vixi doctus, inops perii...* » (Originaire de la Thrace, mais né dans le pays de Rumilly, je vécus docte, je mourus pauvre...), enfin Olivier de Magny, l'ami fidèle de du Bellay, l'amant brûlant de Louise Labé, et dont les *Souspirs* bruissent encore, en écho, dans les *Sonnets* de la Belle Cordière. Il déplorera dans ses *Gayetez* que Jodelle hésite encore à réunir ses vers.

Le bouc par la moustache.

9 février 1553 : en l'hôtel de Reims, rue du Paon, chez le cardinal de Lorraine, devant le roi et la cour, est représentée *Cléopâtre captive*, « dans le magnifique appareil de la scène antique » selon Scévole de Sainte-Marthe. Cette pièce en cinq actes avec chœurs est notre première tragédie lyrique. Baïf, s'il avait été moins nonchalant, aurait pu, avant Jodelle, terminer sa propre *Cléopâtre* – il a, dès l'année précédente, publié un volume d'*Amours*. Si la tragédie, dont l'argument est pris dans la *Vie d'Antoine* de Plutarque, comporte peu d'action, les plaintes y résonnent, lamentations, exclamations, danse des mots noirs. Plutôt que de figurer au triomphe d'Octave, la reine d'Égypte préfère se tuer. La ligne

dramatique est simple, prise en son milieu, alors qu'Antoine s'est déjà donné la mort. Le sujet – ou ce qui rayonne à partir de lui – a été et sera abondamment traité durant le siècle : Marc-Antoine Muret écrit en latin *Julius Caesar* (1545), Roze *Antonius et Cleopatra* (1558), Jacques Grévin, en français, *César*, joué pour la première fois au collège de Beauvais en 1561, Robert Garnier *Marc-Antoine*, rempli d'allusions à la situation du royaume (1578) – qu'il complétera presque vingt ans plus tard en donnant, lui aussi, une *Cléopâtre*, représentée dans un couvent parisien en 1595, l'année où paraît celle de Montreux.

Jodelle expérimente dans sa tragédie toutes sortes de rythmes, décasyllabes du prologue, des deuxième, troisième et cinquième actes, sixains, huitains et onzains de six, trois, cinq, sept, quatre syllabes et surtout, seul après Lemaire de Belges, Marot et Bonaventure Des Périers, avant du Bellay et Ronsard, il utilise dans trois cent quarante-quatre vers des actes I et IV, l'alexandrin. C'est le mètre choisi par le poète pour faire parler, dès le début du premier acte, l'ombre d'Antoine et on imagine le long frisson de surprise qui a dû saisir les spectateurs à l'écoute de ce sombre et torturé monologue où le verbe, somptueusement, renâcle :

Dans le val tenebreux, où les nuicts eternelles
Font eternelle peine aux ombres criminelles,
Cedant à mon destin, je suis volé n'aguere,
Ja, ja fait compagnon de la troupe legere,
Moy (dy-je) Marc-Antoine, horreur de la grand'Romme,
Mais en ma triste fin cent fois miserable homme.

Car un ardent amour, bourreau de mes mouëlles,
Me devorant sans fin sous ses flammes cruelles,
Avoit été commis par quelque destinee
Des Dieux jaloux de moy, afin que terminee
Fust en peine et malheur ma pitoyable vie,
D'heur, de joie et de biens paravant assouvie.
O moy deslors chetif, que mon œil trop folastre
S'egara dans les yeux de ceste Cleopatre !
Depuis ce seul moment je senti bien ma playe
Descendre par l'œil traistre en l'aine encore gaye,
Ne songeant point alors quelle poison extreme
J'avois ce jour receu au plus creux de moymesme ;
Mais hélas ! en mon dam, las ! en mon dam et perte
Ceste playe cachée enfin fut découverte,
Me rendant odieux, foulant ma renommee
D'avoir enragément ma Cleopatre aimee ;
Et forcené après comme si cent furies,
Exerçans dedans moy toutes bourrelleries,
Embrouillans mon cerveau, empestrans mes entrailles,
M'eussent fait le gibier des mordantes tenailles ;
Dedans moy condamné, faisans sans fin renaistre
Mes tourmens journaliers, ainsi qu'on voit repaistre
Sur le Caucase froid la poitrine empietee,
Et sans fin renaissante à son vieil Promethee.

Henri II est si content du spectacle qu'il offre au poète de vingt ans cinq cents écus d'or. Quelques jours plus tard, une deuxième représentation se déroule au collège de Boncourt. Jodelle joue lui-même le rôle de Cléopâtre. Avec lui évoluent sur la scène, tandis que les étudiants se pressent jusque sur les escaliers pour mieux jouir des mots qui montent, Rémi Belleau et Jean Bastier de La Péruse qui donnera peu de temps après une *Médée* inspirée de Sénèque le Père. Il sera le premier à observer avec régularité l'alternance des rimes masculines et des rimes féminines. Quand il mourra, à vingt-cinq ans, Ronsard pleurera dans une épitaphe de onze stances la perte de celui dont il voulait faire l'un des sept de la Pléiade et qu'il considérait – juste après Jodelle – avant que Garnier ne se profilât, comme le seul héritier français d'Euripide :

> Las ! tu dois à ce coup chetive Tragedie,
> Laisser tes graves jeux,
> Laisser ta scene vuide, et, contre toy hardie,
> Te tordre les cheveux ;
>
> Et de la mesme voix dont tu aigris les Princes
> Tombez en desconfort
> Tu dois bien annoncer aux estranges provinces
> Que La Peruse est mort.
> « Épitaphe de Jean de La Peruse, Angoumois »,
>
> *Épitaphes de divers sujets.*

Dès que les derniers vers martelés par le chœur s'éteignent : « Souvent nos maux font nos morts desirables : / Vous le voyez en ces trois miserables », avant tout applaudissement s'établit un brouhaha, comme une stupeur qui hésite entre le silence et le cri. Jodelle, versificateur, est un cavalier que sa monture soulève et emporte. Pour du Bellay, Jo le Délien, comme l'appellera Jacques Tahureau, est démoniaque. Trop d'art, trop de feu, poésie de trépied, dramaturgie de crainte et de tremblement. Pour célébrer le jeune héros, on décide d'organiser dans les bois d'Arcueil une fête à tout casser. Il y a des filles qui figureront les nymphes thessaliennes, les nymphes nyssiennes, il y a du vin de Toulouse, du vin gascon, il y a surtout un bouc « aux cornes dorées, / De lierre decorées / Et qui vrayment a le teint / Teinct / De la couleur d'un Sylene... » (c'est Ronsard qui parle en vers irréguliers comme il sied aux dithyrambes). On s'assemble en rond dans une clairière, on allume des feux, on médite la formule qu'on rugira, pied fourchu heurtant en cadence le sol farouche : « Iach ïach Evoé ! Evoé ïach ïach ! »

Ronsard monte sur le bouc promis à Dionysos. Le frémissement de la bête a quelque chose de sacré, on n'ose y mettre fin à l'instant. Ronsard manque se rompre le cou, tiré de-ci, de-là, sous les rires et les bravos. Jodelle tient le bouc par la moustache et très soigneusement lui arrache poil après poil, puis, levant vers la lune une coupe débordante, il entonne un hymne au Dieu bachique :

Iach ïach Evoé !
Evoé ïach ïach !
Un chaqun tu vas liant
Soubz ton Thyrse impatient.
Alme Denys, tu es vrayment à craindre,
Qui peus contraindre tout, et nul te peut contraindre,
O Cuissené, Archete, Hymenien,
Basare, Roy, Rustique, Euboulien,
Nyctelien, Trigone, Solitere,
Vengeur, Manic, Germe des Dieux, et Pere,

Nomien, Double, Hospitalier,
Beaucoupforme, Premier, Dernier,
Lynean, Portesceptre, Grandime,
Lyssien, Baleur, Bonime,
Nourrivigne, Aymepampre, Enfant.
[…]
Iach ïach Evoé !
Evoé ïach ïach !
Viens donq, Pere, et me regarde
D'un bon œil, et pren en garde
Moy, ton poëte, Jodelle,
Et, pour la gloire eternelle
De ma brave Tragoedie,
Reçoy ce vœu qu'humble je te dedie.

« Dithyrambes a la pompe du Bouc
de E. Jodelle, Poëte Tragiq. »,
Livret de Folastries.

Plus tard, les protestants accuseront Jodelle et ses amis d'avoir égorgé le bouc. Or il semble bien que cette nuit-là, le plaisir de Dionysos ne fut pas complet et que ses adorateurs, pris d'une pitié toute chrétienne, renvoyèrent l'animal promis au sacrifice à ses pâturages d'expiation.

La fête fumeuse.

L'extrait du privilège l'annonce avec emphase : « Par lettres patentes du Roy il est permis à André Wechel, imprimeur et libraire juré en l'Université de Paris, d'imprimer et vendre ce livre intitulé *Le Recueil des inscriptions, figures, devises, et masquarades, ordonnées en l'hostel de ville à Paris, le jeudi 17 de Février 1558. Et autres inscriptions en vers Héroïques latins pour les images des Princes de la Chrestienneté*, par Étienne Jodelle, Parisien, avec inhibitions et defences à tous autres imprimeurs et marchans, de non imprimer ny vendre en ce Royaume ledict livre de dix ans après la première impression parachevée, sous peine de Confiscation, et de mille parisis d'amende. »

Cette fête fumeuse donnée en l'honneur du duc de Guise, vainqueur des Anglais à Calais, et du roi Henri II a servi de prétexte au seul livre publié par Jodelle de son vivant. Il s'adresse d'abord à ses amis d'une façon qui étreint le cœur, disant qu'il fut quelque temps après le désastre « si faché, si depit, si resveur, et si pesant, que tant s'en fault que je peusse guerir la piqure du scorpion par le scorpion mesme, que tous les instruments de mes malheurs, qui sont les livres, les papiers, et les plumes, me puoient de telle sorte, que peu s'en fallut que je n'en fisse un beau petit sacrifice dans mon feu ».

Depuis l'enfance, Jodelle est atteint du mal sacré, le mal des Ardents, la mélancolie, qui conduit parfois à des extrémités de fureur, blanchit d'écume les lèvres et d'agonie les yeux. Il ne peut rester en place, se demande ce que signifient les blocs sonores qui s'entassent sur le papier qu'il griffe dans un état second, de l'angélus de l'aube à l'angélus du soir. Il vit entre deux parenthèses argentines, ne se relit pas, rêve d'échafaudages lyriques, de décors à triple fond, de fontaines oraculaires, de navires *Argo* aux mâts démontables, de rochers soupirant la chanson d'Orphée : « Si jamais rochers et bois / Ma force dans soy sentirent, / Si sous ma vois sous mes dois / S'arrachent ils me suivirent, / Suivés rochers, et avecq'vostre Orphee / Admirés moy d'un grand Roy le Trophee... » Il fait parler Minerve en alexandrins d'airain : « Voyant ainsi ô Roy dans ma main docte et forte / Branler assurément les armes qu'elle porte... », Jason en vers dorés, Argon, Mopsus, Jason encore. Et, la nef ayant sombré corps et biens, Jodelle se déclare fier de ce qu'il a accompli en si peu de temps, bien qu'on lui ait rompu la tête tout le jour pendant qu'il rédigeait ses mascarades. Il termine cet opuscule de quatre-vingt-dix pages par ces lignes : « Et allors, encore que je fusse le plus misérable de tous, un si heureus changement me servant d'assés suffisante recompanse, m'encouragea de telle sorte et moy et mes semblables, que la bonté de tes Princes ne doit esperer de nous une moindre recompanse, que l'accroissement de leur gloire, la commodité de leur vie, et l'immortalité de leur renommée. »

Les seules fêtes auxquelles puissent nous convier les poètes sont celles que leur souffle fomente. Jodelle l'a si bien compris qu'il a construit son livre comme une salle où le silence règne, où les emblèmes de la gloire, les décors de la légende et les soieries du songe se déroulent dans une ordonnance méditée, où l'usage des capitales latines destine l'œuvre qui se joue à résonner au-delà des frontières, où tout est regagné pied à pied, syllabe après syllabe, sur le ridicule dont la vraie fête a grelotté. Jodelle a, durant toute sa vie martyrisée de maux divers, inconnus, côtoyé le gouffre, frôlé les abîmes du grotesque, défié l'écume de l'opprobre. Il aura jusqu'à la fin rêvé du destin d'Empédocle, et de cet unique soulier laissé au bord des laves.

Le rossignol enroué.

À ses débuts, Jodelle aussi a mignardisé :

Que de roses, que de lis,
De ma bouche trop folette
Ay-je sur son teint cueillis,
En sa blancheur rougelette.
O bel œil...

Chanson, XXV.

Les sonnets amoureux de cette première période sonnent un peu le creux, déjà précieux, mûrs pour être murmurés dans des échancrures d'albâtre. Mais, rossignol vite enroué, archer tôt fourbu de servir de cible, il ne peut s'empêcher de rimer de feintes distances, de jeter hors de lui ces rythmes savants qui trouvent en eux-mêmes leur sens plus qu'en une fièvre extérieure. Personne ne possède mieux le tempo, en ces jours rapides, que Jodelle. Écoutons, par exemple, d'un « Branle » impair la dixième secousse :

Vous donc qui si bien parlez,
Sonnez, ballez, carollez,
Entendez chanter, parler,
Dancer sur les peines

Des amours perdus dans l'air
Par leurs chansons vaines.
Ma passion...

Les Œuvres et Meslanges poétiques
d'Étienne Jodelle, sieur du Lymodin.

Jodelle a beau nommer Françoise, ou Claire, ou Délie, trop de grâces et point de visages. Alors que *Les Sonnets de l'amour obscur* obstinément décrivent le périple de passion et d'écriture du forcené qu'il est devenu, « voyageur entouré des trombes du val et du strom », pour les beaux yeux de l'insoupçonnable épouse du maréchal de Retz, Claude-Catherine de Clermont-Tonnerre :

Comme un qui s'est perdu dans la forest profonde
Loing de chemin, d'oree, et d'adresse, et de gens :
Comme un qui en la mer grosse d'horribles vens,
Se voit presque engloutir des grans vagues de l'onde :

Comme un qui erre aux champs, lors que la nuict au monde
Ravit toute clarté, j'avois perdu long temps
Voye, route, et lumiere, et presque avec le sens,
Perdu long temps l'object, où plus mon heur se fonde.

Mais quand on voit (ayans ces maux fini leur tour)
Aux bois, en mer, aux champs, le bout, le port, le jour,
Ce bien present plus grand que son mal on vient croire.

Moy donc qui ay tout tel en vostre absence esté,
J'oublie en revoyant vostre heureuse clarté,
Forest, tourmente, et nuict, longue, orageuse, et noire.

Aux *Sonnets de l'amour obscur*, amour impossible qui se nourrit d'obstacles et célèbre une sorte de cosmogonie érotique, succèdent les poèmes réunis sous le titre de *Contr'amours*. Charles de La Mothe, qui les a recueillis, précise que l'œuvre est incomplète et que les poèmes qu'il nous livre ne sont qu'une faible partie de l'imposant monument de trois cents sonnets édifié par Jodelle sur le modèle de l'*Anteros* de l'Italien Fregoso. Anteros, qui veut précisément dire *contr'amour*, était un dieu du paganisme, c'est la divinité vengeresse d'une passion éconduite. La Blonde calme, maternelle dans sa bienveillante attention aux envois dévotieux du poète – telle sera plus tard, à l'égal de la maréchale de Retz, la présidente Aglaé-Apollonie Sabatier – se transforme soudain ou plutôt redevient ce qu'elle n'a jamais cessé d'être hors du regard de son admirateur. Jodelle s'en explique, désabusé d'un charme :

Combien de fois mes vers ont-ils doré
Ces cheveux noirs dignes d'une Méduse ?
Combien de fois ce teint noir qui m'amuse,
Ay-je de lis et roses coloré ?

Combien ce front de rides labouré
Ay-je aplani ? et quel a fait ma Muse
Ce gros sourcil, où folle elle s'abuse,
Ayant sur luy l'arc d'amour figuré ?

Quel ay-je fait son œil se renforçant ?
Quel ay-je fait son grand nez rougissant ?
Quelle sa bouche, et ses noires dents quelles ?

Quel ay-je fait le reste de ce corps ?
Qui, me sentant endurer mille morts,
Vivoit heureux de mes peines mortelles.

Contr'amours, VII.

Dans un recueil aujourd'hui perdu dont saillent onze poèmes, *La Priapée*, cette rage de détruire l'image de l'aimée s'affirme avec une virulence presque joyeuse. Au plaisir de jouter de sa « lance d'ivoire / au mousse bout d'un corail rougissant », Jodelle fait succéder celui de railler. Le désir colore le réel, l'assouvir c'est revenir à soi, n'être plus la dupe de ce qui va pourrir, se désenvoûter du maléfice qui nous a fait prendre une chair périssable pour la parure de Vénus. Sur des airs moins dansants peut-être que ceux du sieur de Sigogne (nous le rencontrerons bientôt), avec une précision chirurgicale, Jodelle nous livre le portrait d'une haine longtemps couvée, d'une hyène rôdeuse qui l'a flairé la première et dont il sent sur lui, toujours, l'haleine chargée :

Son poil tout hérissé et bien long le visage,
Les deux yeux écaillés et un nez trespuant,
La bouche bien fendue, par où va dégouttant
Une certaine humeur sentant le vieux fromage ;

Velue par le corps comme un monstre sauvage,
Le tetin avalé, graissé d'huile et d'onguent ;
L'essaile de venin luy va tousjours coulant ;
L'estomac enfoncé, le ventre plat et large ;

En descendant plus bas, un trou sanglant on void,
De peaux moites autour, un landi qui paroist
De chancres revestu, de farcins plein les bords ;

Les cuisses de Gigots et les Jambes tremblantes
Pleines d'ulceres, loups, de mulets et de fentes...
Au reste, elle se dit belle par tout le corps.

« Sonnet sur les beautés d'une autre garce. »

Post-scriptum.

Jodelle est mort en jurant.

LE GLAIVE ET LA LYRE

Un roi de jeu de cartes.

Tantôt de cœur, tantôt de pique, représenté en tête de ses *Œuvres* (1597), épée levée, barbe carrée, Marc de Papillon de Lasphrise (à ne pas confondre avec Almanque Papillon, poète de l'amour pur dans *Le Nouvel Amour*) est un roi de jeu de cartes. Il fut l'un des soudards du parti catholique les plus enragés, les plus redoutés, avec Blaise de Monluc. Mais celui-ci, César au nez de cuir, dicte à la diable ses *Commentaires*, enluminant d'un verbe dru le gris sourd des murailles du château d'Estillac, pestant contre le sort et faisant la nique à la mort entre deux visites de son ami Montaigne. Alors que notre poète, friand de jupons et de jurons, est maître ès langues secrètes, celle qu'on donne au chat, celle qu'on prend avec l'ennemi pour clore une bataille.

Tout jeune encore, Marc de Papillon s'adonne aux armes, d'abord corsaire en Méditerranée, où il respire à nouveau l'air de son ascendance (lui qui est né chétif et noiraud en 1555 près d'Amboise, à Lasphrise) puis, sous ce nom, soldat du Christ, d'une province à l'autre, depuis la Normandie jusqu'en Saintonge.

Les matines de la voix.

1573-1574, c'est l'année que Jules Michelet, dans son *Histoire de France*, dépeint comme celle du Triomphe de la mort :

« ... toute vie semble ajournée pour quelque temps. Et le pouls ne bat plus. Les grands hommes sont morts. Moins un, le Prince d'Orange, tous sont ensevelis, et c'en est fait de la forte génération qui commença le siècle. On n'entend plus de bruit. Il semble qu'il n'y ait plus personne. Des hommes tout petits remplissent la scène, vont et viennent, l'occupent de leur ridicule importance. Les mémoires, secs et pauvres dans l'âge si riche que nous avons passé, abondent maintenant et surabondent. L'Histoire ne sait à qui entendre. Assez, assez, bonnes gens, vous vous gonflez en vain, et vous croyez crier. Toutes vos voix ensemble ne font pas la voix d'un vivant : c'est l'aigu petit cri des vaines ombres : *"Resonabant triste et acutum."* »

Marc de Papillon va avoir vingt ans. Il n'aperçoit pas venir l'époque vieillie et coquette qui soulève le cœur de l'historien romantique. Connaît-il seulement l'existence d'Ignace de Loyola, dont Michelet fait l'inspirateur grimaçant du « pauvre art, triste et laid, qui commencera tout à l'heure » ? Se reposant dans un pré, il entend chanter les bénédictines du couvent voisin et, aussitôt, distingue du mélodieux ensemble la voix la plus haute et la plus claire, à laquelle les autres voix semblent suspendues, la suivant, s'enroulant autour ou, au contraire, en retardant l'envol afin d'augmenter son éclat, la couvrant çà et là comme un nuage le fait du soleil.

Les époques troublées sont propices aux passions impossibles. Celle qui bouleverse Papillon, dès cet instant miraculeux, va s'exprimer dans une série de sonnets, *Les Amours de Théophile*. C'est ainsi qu'il appelle Renée Le Poulchre – il y a dans ce nom quelque chose d'âcre et d'obscur. Est-elle parente avec François Le Poulchre, seigneur de La Mothe-Messemé, gentilhomme ordinaire du roi, qui recevra treize ans plus tard l'approbation de Ronsard pour son ouvrage au style à demi barbare, *Les Sept Livres des honnêtes loisirs* ? La novice est sommée, dans la langue même qui occupe toute la sainte journée sa bouche vierge, de choisir entre un jeune loup déjà chenu et l'agneau mystique. Prières à double sens, sous-entendus paillards, actes de contrition feinte, aveux d'une dévotion trop humaine :

Quand viendra l'heureux jour que je sacrifiré
Mon corps sur vostre Autel que sainct DESIR dedie,
Que j'espendray mon sang en memoire infinie,
D'avoir par un'erreur si long-temps souspiré ?

Quand viendra l'heureux jour que je vous offriré
Un benist Cierge ardent avec ceremonie,
Estant à deux genoux prés de vous accomplie,
Afin d'avoir pitié de mon cœur martiré :

Hé ! quand seray-je orné dans vostre sacré temple
Servant vos deités que devot je contemple,
Quand accepterés-vous ma chere Oblation,

Pour fidelle tesmoing de mes peines souffertes ?
Mais quand en recevant mes divines offertes
Auray-je de vos mains la benediction ?

Les Amours de Théophile, XXIV.

L'enfance de l'art.

Las d'attendre aux portes du couvent, le capitaine jette son dévolu sur l'une de ses petites cousines, la Tourangelle Polixène dont le charme aigrelet le comble. À Théophile, promise au Dieu des chrétiens, succède la jeune bacchante. Aux messes froides et crépusculaires du refoulement, les rites païens de l'aurore dédiés au perpétuel Renaissant. Quels délices pour Lasphrise d'étreindre cette réalité en pente douce qui s'offre à sa fureur ! *L'Amour passionnée de Noémie* (Polixène) est un recueil de halètements pris sur le vif, de soupirs, de râles, de verbes mourant dans les secousses, de sonorités gourmandes, chair de cygne qui reluit, rougeoiement énorme du désir.

On connaît le célèbre sonnet en langage enfançon où Papillon babille comme Baudelaire reprochera à la femme de le faire dans *Fusées* (XI) : « Minette, minoutte, minouille, [...] De pareils caprices de langue [...] témoignent d'un côté satanique dans l'amour... » Oui, Papillon ou le diable qui se fait bébé.

Écoutons ce guerrier qui se repose de croiser le fer en zozotant, faisant sauter les « r » comme le feront les Incroyables du Directoire, en bousculant si paresseusement le rythme que ce poème paysan, qui sent la motte lourde soulevée par le soc, devient une felouque pirate qui danse sur le miroir de la mer, un jeu d'échos, de rôles inversés, une déclaration d'enfance, comme un gage d'éternité déferlante :

Hé mé mé bine moy, bine moy ma pouponne,
Cependant que Papa s'en est allé aux champs,
Il ne le soza pas, il a mené ses gens,
Bine mé donc Maman puis qu'il n'y a passonne.

Ayant frayé l'œillet de la leve bessonne,
Je me veux regadé en tes beaux yeux luysans :
Car ce sont les misoirs des Amouseux enfans,
Apres je modesay ta goge, ma menonne.

Soudain je laichesay ton joliet tetin,
Puis je chatouillesay ton beau petit tounin,
Maintenant de ma pine, ores de ma menotte.

Si tu n'accode à moy, le folâte Gaçon,
Guésissant mon bobo, agadé tu es sotte :
Car l'Amour se fait mieux en langage enfançon.

L'Amour passionnée de Noémie, LXIII.

Comme l'amour, la poésie se fait mieux en cette langue errante, balbutiante, ce babil, ce babélien qui fomente ses voies lactées dans un ciel sans frontières.

En ce temps-là, les mots, pour citer Marcel Schwob, n'étaient pas vêtus de noir. « Aujourd'hui, a écrit l'auteur du *Livre de Monelle*, ils sont tous correctement orthographiés. Les langues comme les peuples parviennent à une organisation de société raffinée d'où on a banni les bariolages indécents. »

Schwob, ce moine-soldat veillant dans les marges des grimoires, compagnon en rêve de François Villon et de Pierre Gringore, frère resté à terre de Robert Louis Stevenson dont il accompagna les chasses au trésor et les combats avec l'ange d'un amical et fidèle salut, avait, dès son jeune âge, visage poupin, moustache et barbe de Viking, taillé son verbe dans la carrière de sel gris de l'argot. Cet homme souffreteux, qui fut le mari de la pétulante et charbonneuse Marguerite Moreno, vécut dans ses chambres de la rue Saint-Louis-en-L'Ile ou de la rue de l'Université, une longue agonie, occupée par des errances immobiles et nocturnes, chaque nuit plus osées, plus dangereuses dans les terrains vagues, les décharges du sens, dans les zones à zombis des dictionnaires de l'ombre.

C'est à l'auteur de *Mimes* et de *Cœur double* que l'on doit la découverte d'un très étonnant sonnet de Papillon écrit, celui-là, en « authentique langage soudardant ». Le poète reprend le flambeau des coquillards – confrérie de sac et de corde où Villon officia :

Accipant du Marpaut la Galiere pourrie,
Grivolant porte-flambe enfile le trimart,
Mais, en despit de Gille, ô gueux, ton Girouart,
A la mette on lura la biotte conie.

Tu peux gourd piailler me credant et morfie,
De Lornion du Morme et de l'oygnan criart,
De l'Artois blanchemin ; que ton riflant chouart
Ne rive du courrier l'andrimelle gaudie.

Ne ronce point du sabre au mion du taudis,
Qui n'aille au Gaulfarault, Gorgonant de tesis
Que son journal oflus n'empoupe ta fouillouse.

N'embiant ou rouillarde, et de noir roupillant,
Sur la gourde fretille, et sur le gourd volant,
Ainsi tu ne luras l'accolante tortouse

Flamberge au vent, chausses rutilantes, Papillon poussera d'ailleurs plus loin ces exercices, inventant, au hasard de ses veilles, à la flamme du bivouac, une langue érectile dans laquelle il rédigera plusieurs poèmes abracadabrants. En vérité, rien n'est plus étudié que cette grammaire, entailles sur l'écorce du temps, qui bégaie l'absolu de toute nomination.

Les derniers jours de Papillon.

1599 : retiré sur ses terres de Lasphrise, à quelques jets d'arquebuse d'Amboise, la chair martyrisée par de vieilles blessures mal recousues, les mains et les genoux attaqués par la goutte, les entrailles rebelles, ayant toujours froid, grelottant sa vie, Papillon n'écrit plus que des apparences de *Psaumes*, ne versifie plus qu'un *Testament*, de fiévreux codicilles. Avec nostalgie, il se souvient des femmes honnêtes, préférant vouer ses désirs inutiles aux ombres de celles qui l'ont rebuté. Sa fille unique, Marguerite, qu'il a élevée seul, adoucit ses veilles, le berce de chansons. Mais, chaque nuit, des cauchemars le navrent. Il craint de n'être pas aimé de Dieu. Ce n'est pas contre la mort qui vient qu'il murmure mais contre ces amours mauvaises qui l'ont éloigné de la miséricorde. Il n'est qu'un sac de larmes que le sort a trop secoué. Il veut parler à l'oreille de la mort. Un matin, elle se penche...

UN MÉTÉORE

Du Monin, « favori enfant du luisant pôle ».

On vit peu, parmi les hommes, un homme mieux doué et le sachant davantage que Jean-Édouard Du Monin. Au point que la comparaison qu'on fit de lui avec Pic de La Mirandole, Guillaume Postel ou Agrippa von Nettesheim, ne lui rend pas entièrement justice.

Il était né à Gy, dans le comté de Bourgogne, d'où le nom qu'on lui donna parfois de « Gyanin », en 1560 selon Naudé mais plus probablement en 1557. Il écrivit sous le règne d'Henri III des poésies latines et françaises et plusieurs tragédies, dans le goût féroce entretenu par les Mystères, dont une adaptation d'une pièce de l'Italien Giraldi Cinzio, *Orbecce*, qui avait été jouée devant François Ier en 1543. Il publia *Orbecc Oronte* dans *Le Phénix* en 1585. On y voit le roi de Perse, Sulmon, offrir à sa fille, dans un plat d'argent voilé de noir, les têtes du mari et des deux enfants de la jeune femme, qu'il a fait tuer, décapiter et couper en morceaux.

Le chapitre des oubliés.

Durant le XVIe siècle on ne cesse de mettre en scène des tragédies, dans des collèges surtout, ceux de Navarre, de Toulouse, du Mans, de Boncourt bien sûr, de Besançon, d'Arles, de Gray, de Bayonne, de Dole, de Chalon-sur-Saône, chez les jésuites du Puy, de Lyon, etc. Là, des jeunes gens, encore ignorants de la vie, incertains de l'avenir mais pleins de sève, livrent par l'écriture une course poursuite avec le temps. Comme cet élève de Dorat, Jacques de La Taille (le frère cadet de Jean de La Taille qui donnera *Saül le Furieux* et un petit traité sur *L'Art de la tragédie* où il esquisse la règle des trois unités, qu'il respectera à peu près dans la suite de *Saül, La Famine ou les Gabéonites*). Jacques mourra en 1562, à vingt ans, après avoir rédigé, avec l'obstination hagarde d'un rescapé qui traverse un champ de bataille, six tragédies profanes : *Didon*, *Athamant*, *Progné*, *Niobé*, *Daire* et *Alexandre*. Seules les deux dernières seront imprimées posthumes, les autres sont perdues. Il en gît peut-être un écho, battement d'ailes noires d'un cygne qui chante, dans ces vers de l'aîné, tirés de *Saül* (Jonathas harangue ses frères) :

> Nécessité nous force, et puisqu'il faut qu'on meure,
> Vaut-il pas mieux mourir vaillamment à cette heure
> Qu'attendre les vieux ans pleins d'oisive langueur...

Mais, pour un Jean de La Taille, ouvrant la voie au plus grand dramaturge du siècle, Robert Garnier, combien d'humiliés, d'offensés par la gloire...

Oubliés Coignac et sa *Déconfiture de Goliath* !

Oubliés Des Masures et sa trilogie dramatique consacrée à David !

Oublié Rivaudeau, commentateur adolescent de l'*Électre* d'Euripide, et dont la seule tragédie, *Aman*, est farcie de monologues frénétiques !

Oubliés Bounin, ami de La Péruse, et sa *Soltane*, la première de nos tragédies orientales, que les comédiens ambulants gesticulaient encore sur leurs tréteaux vers 1595 !

Oubliés le Normand Filleul et ses deux tragédies sur la mort d'Achille et sur celle de Lucrèce, où les mots s'enflent comme des voiles qu'assaille un vent lugubre accouru des coulisses !

Oubliés Antoine Le Devin, mort à Angers en 1570, Le Breton et son *Adonis*, Pascal Robin du Fauz et son *Arsinoé* !

Oubliés Chantelouve et son *Coligny*, De Gerland dont le *Montgoumery*, qui peignait les malheurs de la France depuis la mort d'Henri II jusqu'en 1573, a disparu !

Oubliés Guy de Saint-Pol et son *Néron*, représenté en 1574 au collège du Plessis tandis que sa *Judith* était jouée au même moment, à Lyon, au collège de la Trinité !

Oubliés Adrien d'Amboise et son *Holoferne*, Michel Bourrée de La Porte qui écrivit en latin une pièce sur la mort de François de Guise et plusieurs tragédies françaises dont les titres bourdonnent !

Oubliés le gentilhomme normand Virey Du Gravier et son épouvantable *Machabée*, litanies de supplices et de ricanements !

Oubliés Généroux, notaire de Poitiers, et son *Abel* !

Oubliés François Du Duc et son *Histoire tragique de la Pucelle*, dont Plombières retentit en 1580 tandis que la Lorraine bruissait de son *Julien l'Apostat* !

Oublié Pierre Delaudun, juge à Uzès, auteur d'un *Art poétique français* et de *Poésies* écrites dans le style de Ronsard, au point qu'on le considéra comme la doublure du Prince des poètes. Il écrivit aussi une *Franciade* en neuf livres qu'il dédia à Henri IV et deux tragédies, *Dioclétien* et *Horace*, qui furent imprimées et représentées à Paris, vers 1596, sous les huées. Il mourut de la peste au château d'Aigaliers (1620).

Tout ce théâtre, aujourd'hui enfoui dans une mémoire désaffectée, sonne un tocsin cotonneux. Suivant l'exemple de Sénèque le Père, on accumule sur l'estrade de sombres présages, de palpitantes victimes, on versifie les piétinements de la rage d'aimer et de tuer, on met en perspective hurlante des diables ou des allégories bariolées. Du Monin, justement, n'hésitera pas à faire discourir l'Aquilon et la Peste. Ces clameurs, ces jets de sang, ces chefs accrochés au décor ou servis en famille, ce délire organisé qui bande les énergies, cette orchestration du mal, « recherche de l'équilibre suprême qui ne s'acquiert pas sans destruction » pour reprendre les termes d'Antonin Artaud, sont les échos, les masques, les haillons, les dépouilles d'un autre théâtre, celui des guerres de religion. Dans l'un et l'autre cas, il s'agit de contenter le même originel fond noir, de nourrir nos habituels démons. Chaque jour, la vue se repaît des reliefs du martyre, c'est Dieu qui saigne des aveux arrachés, les camps adverses ne se font pas de quartier, quelques fleuves en rougissent. Montaigne souligne candidement qu'il évite le spectacle, quel art de vivre en eau trouble !

Les trois maîtres.

Durant sa vie brève, Édouard Du Monin eut trois modèles, George Buchanan, Guillaume de Salluste Du Bartas et Roland de Lassus.

George Buchanan était né à Killearn dans le Stirlingshire (Écosse) en 1506. Il vint faire ses études à Paris et demeura en France jusqu'à l'âge de cinquante-quatre ans. À Bordeaux, il fut le maître de Montaigne (1539-1543). C'est dans cette ville qu'il composa deux tragédies bibliques (il avait très tôt embrassé la religion réformée) destinées à être jouées par les élèves du collège : *Baptiste* et *Jephtes. Jephtes*, publiée à Paris en 1544, eut un succès éclatant à l'étranger. On traduisit durant cent cinquante ans ce latin orné, en français (six traductions) mais aussi en allemand, en polonais, en italien, en hongrois, en hollandais. Théodore de Bèze s'en souvint dans son *Abraham sacrifiant.* À partir de 1560, Buchanan quitta la France pour rejoindre sa patrie. Il fut l'un des accusateurs les plus virulents de Marie Stuart, écrivant contre elle le pamphlet : *Detectio Mariae Reginae* (1571). Il rédigea aussi une histoire d'Écosse *(Rerum Scoticarum Historia)* et fut l'un des précepteurs du jeune

Jacques VI. Buchanan, qui exerça une influence déterminante sur du Bellay, mourut à Édimbourg en 1582.

Édouard Du Monin paraphrasa dans *L'Uranologie ou le Ciel*, la *Sphaera* de l'Écossais. Il agrémenta son texte de commentaires aventureux, le greva de récapitulations exhaustives qui épuisent en effet. Nous aborderons plus loin la méthode poétique de ce crieur de terres inconnues.

Buchanan nous mène au deuxième maître de Du Monin, Du Bartas, qui fut le poète français que préférait Goethe. Il était natif de Montfort en Armagnac, près d'Auch (1544). Son père était trésorier de France. Guillaume Du Bartas fut l'émissaire du futur Henri IV en Angleterre, au Danemark et en Écosse. Il eut le commandement d'une compagnie de cavalerie en Gascogne sous les ordres du maréchal de Matignon. Il mourut des blessures reçues à la bataille d'Ivry – celle-là même où Navarre commanda de se rallier à son panache blanc – en juillet 1590, à quarante-six ans. Dans un sonnet adressé au poète, Pierre de l'Ostal écrivit que *La Sepmaine ou Création du Monde* (1579) suivie de *La Seconde Sepmaine* (1584) était « un ouvrage plus grand que l'univers ».

Du Monin est, dans ses poèmes français, proche de Du Bartas pour l'audace de ses images, l'aspect enluminé, provocant, de sa prosodie, ce désir d'exténuer jusqu'à l'ombre des mots. Il traduisit *La Première Sepmaine* dans un latin d'une excessive correction.

La passion qu'éprouvait Du Monin pour Roland de Lassus (aussi appelé Orlando di Lasso) confinait au délire. De quarante à quarante-trois ans, le maître de la

Chapelle royale à la cour de Bavière avait fait un séjour à Paris et, dès la première année, il publiait un livre de mélodies, dont certaines étaient modelées sur des vers de Ronsard. Jodelle en éprouva du dépit. Il essaya par un *Chapitre en faveur d'Orlande* d'attirer l'attention du musicien :

> S'il faut que tes chansons graves ensemble et douces,
> Sur l'aile des beaux chants qu'on leur doit inventer,
> Jusqu'aux Rois (ô ma Muse) ains jusqu'aux Dieux tu
> [pousses ;
>
> Des vers en contr'échange ici tu dois chanter
> Pour Orlande, qui peut aux vers l'aile si belle,
> D'un heur, d'un air, d'un art, admirable prester.
>
> L'aile qu'Orlande peut donner aux vers est telle,
> Que son vol animé de mouvements si beaux,
> Si prompts, si hauts, surpasse en volant toute autre aile.

Mais son espoir de séduire fut déçu. Si les madrigaux de Lassus obsédèrent Du Monin, on entend chez lui un luth désaccordé, un virginal furieux, une viole qui miaule plutôt que les divins concerts du prince des musiciens qui nous a laissé, entre autres, de rigoureuses *Lamentations de Jérémie*, des polyphonies – *Les Prophéties des Sibylles*, *Les Larmes de Saint-Pierre* – où sont réconciliées la ligne ancienne et l'ornementation, déjà baroque, de l'*ars nova.*

Édouard Du Monin croyait que chacun des atomes qui nous composent fonde avec les autres un accord unique, une harmonie semblable à celle des sphères et des mots du poème. Il eut cette intuition sublime : « Dieu n'a rien mis en nous qui ne soit musical. »

Les morts lisent aussi...

Pour Du Monin, les vivants ne forment qu'une infime partie de la foule des lecteurs. Il eut l'ambition d'être lu de Platon et de Lucrèce autant que de ses amis et rivaux.

Albert-Marie Schmidt a noté qu'il traitait le français comme une langue morte. Cioran, dans son essai sur Valéry, rappelle que l'on a écrit la même chose de Mallarmé. Mais Mallarmé la nourrira, cette langue évanouie, de toute l'inaccessibilité du sens, la délestera de toute immédiate pensée au nom d'une attente plus haute, la fera musique absolue, notes de givre, éclats de blanc, dans une démence froidement déchaînée. Tandis que sous la plume-scalpel de Du Monin, ce cadavre bouge encore et rayonne hideusement, viscères mis à nu. Du Monin est devant le français – à l'époque non fixé, sauvage, hirsute et ténébreux – comme ses contemporains, le Belge Vésale, cherchant sur des corps de pendus volés à Montfaucon les rouages internes de l'homme, ou l'Espagnol Servet, dévoilant avant Harvey le secret de la ronde obscure du sang. Il est ce chasseur toujours insatisfait qui remue en tous sens la dépouille de sa proie, vaguement dégoûté, profondément attentif aussi, allant de surprise en haut-le-cœur et comparant sans cesse la créature abattue à l'idéale beauté de la muse latine.

Il sème ses discours de néologismes clinquants, d'un sabir d'écolâtre qui roule dans sa bouche des scories inquiétantes, anathèmes codés, soupirs tressés, rages et ravissements rythmés par l'air de sa province.

Servant d'une science qui n'admet pas de corrections impies, adversaire résolu des tenants de l'Art royal, les alchimistes, son génie malgré tout l'incline aux découvertes. Ce qu'il sait – il saura beaucoup – le transporte et l'oblige. Il modèle le monde ainsi que de la glaise et, malaxant cette matière qui s'anime, il en nourrit son rêve. Du dos de la main, il éprouve le soyeux d'une reliure, la souplesse de la basane ou le grenu du chagrin, comme on flatte un ventre de fille. Cœur inconsolé, les mots le sidèrent et les lettres entre elles formant ces menus moutons de sens que la vue pousse, vent grégaire, vers le bout de la phrase. Toute bibliothèque est son bordeau. Il ouvre chaque livre avec la dextérité d'un écailler, sûr d'en dompter la substance. Il laisse longtemps feuilloler devant ses yeux le volume offert. Cela sent le cuir de Fez ou de Cordoue, le velours de Suède, le sang d'infidèle. De la page, d'un geste vif-argent, il approche sa bouche. Ses lèvres murmurent au bord des marges vierges. Sans coup férir, il traduit ce qui patiente en langue d'exil. Il se fait du verbe comme on se fait du cloître. Ombre errante dans le demi-jour, il scande des secrets qui lui échappent, enfourche des montures qui extravaguent et l'abattent, amasse des pierres de lune pour en bâtir ses tours d'ivoire. Il a beau s'efforcer d'être comme tout le monde, sa pensée ressemble à cet aigle bariolé dont il condamne les prédations :

> Outreplus les archifs de ces saintes reliques
> Plus seurement selés des cachets Poëtiques,
> Gardent qu'au cours des ans les bigarrés espris
> N'adulterent si tot ces mistiques ecris,
> Qui se sont mis en garde en etroite mesure,
> Pour ne point varier par humaine torture.

« Discours philosophique et historial
de la poésie Philosophique »,
Nouvelles Œuvres (1582).

Il s'insinue dans ce qu'il lit avec un emportement ralenti qui le dénude jusqu'à l'âme et dont il se souviendra plus tard, dans l'intimité de sa chambre, à la lueur de la chandelle. Le fracas des guerres pieuses hiverne dans le bronze des cloches. Alors, le souvenir du soulèvement d'émotion qui tantôt l'a saisi se teinte peu à peu de ce loisir chantant où il aime à se lover en travaillant.

« Sitôt le Minuit sonné où l'on jette les dés », il descend comme Igitur les degrés de l'esprit humain, récitant la prédiction et faisant le geste.

Il y eut, pour lui aussi, des sifflements dans l'escalier.

Un mal aimé.

Longtemps avant Stéphane Mallarmé, il enseigna dans une classe grise (ici celle du collège de Bourgogne à Paris), éprouvant, à chercher le mot qui résumerait l'univers, des tourments semblables à ceux de Guy Le Fèvre de La Boderie du côté d'Anvers. Mais si Le Fèvre est soumis au signe de l'eau, cet élément mélancolisant, Du Monin est d'un signe de feu, beau, entreprenant avec les femmes comme avec les astres. Son sang a l'électricité de celui des chats. Son aplomb, sa morgue, son éclat, ses prônes et sa démarche exaspèrent de fascination stérile. S'il est regardé comme l'un des grands esprits de son siècle, c'est sous la contrainte, à contre-âme, comme on le fait d'un monstre.

Ainsi, l'énigmatique Écossais James Crichton, né dans le comté de Perth en 1560, avait-il été pris pour l'Antéchrist par ses camarades du collège de Navarre, tant sa facilité dans les études était grande. À vingt ans, Crichton écrivait et parlait – outre le français – le latin, le grec, l'hébreu, le syriaque, l'arabe, l'espagnol, l'italien, l'anglais et le flamand. Personne ne le surpassait dans la musique vocale et instrumentale ni dans la danse, le dessin ou la peinture. Il usait très adroitement des armes. Il connaissait la médecine, les lois civiles et canoniques et la théologie, sur laquelle il pouvait disserter pendant des heures. À Mantoue, patrie de Virgile, Vincent de Gonzague, fou de jalousie, l'assassina en 1585.

Édouard Du Monin, lui aussi, dès son plus jeune âge, est sûr de son importance, inquiétant à force de raison, importun à force de curiosité. Rien dans l'univers, dont il croit que le soleil est le cœur, n'échappe à cette intelligence, désolée et fière à la fois de tout capter en un moment, de tout retenir, le meilleur et le pire, l'essentiel et l'accessoire, sans jamais pouvoir choisir, sans distinguer l'ombre de la clarté qui la forge :

> Quand l'astre enfante-jour dez l'Aurorin berceau
> Vient nos chams parsemer de main raion nouveau :
> Les dars etincelans de sa vive lumiere
> Ne fraperoint plutôt de Gange la barriere
> Que des Gades lointains, & la brune Vesper,
> Sous le flot Iberois laissant Phebus souper,
> A meme heure etendroit de la Nuit mere aus ombres
> En quelconque climat les grandes ailes sombres.
>
> *L'Uranologie ou le Ciel* (1583).

De son temps, déjà, et jusque chez ceux qu'il vénère, on entend au sujet de Du Monin quelques discordances. Ainsi, le tant admiré Du Bartas répand des anecdotes qui persiflent : « Il se vante dans une pièce en vers latins, intitulée *Picatavica*, que la peste ayant affligé Paris, les villes les plus considérables de la France le pressèrent de se retirer dans leur enceinte. » Pour Vauquelin de La Fresnaye, il n'est guère plus qu'un forgeur de mots bizarres. Plus près de nous, l'un de ceux qui ont contribué à le ressusciter, Albert-Marie Schmidt, dans sa thèse sur *La Poésie scientifique au XVIe siècle,* parle de Du Monin avec un certain agacement. Dans son admirable *Soleil du soleil*, Jacques Roubaud écrit à propos de notre poète : « Rien de moins estimable qu'une érudition toujours déplacée, enveloppée d'ailleurs dans un amas de métaphores qui n'ont rien de juste, rien de naturel, et d'expressions ridiculement recherchées, ou follement inventées, dont le sens échappe au lecteur le plus patient. » Au moins doit-on à l'auteur du *Sentiment des choses* d'avoir ranimé dans son anthologie quelques merveilleux sonnets d'amour et de mort, qui se souviennent encore des jeux des grands rhétoriqueurs, des vers sombres, aqueux, aux sonorités épaisses, où reviennent les mêmes mots comme un leitmotiv où le rythme se ressource, les mêmes images, où des exemples pris dans les domaines de l'usure, de l'héritage ou des travaux saisonniers, concrètent le propos comme chez William Shakespeare.

Une mort sale.

Quand il était contredit, Du Monin n'hésitait pas à provoquer, à couvrir de libelles ceux qui osaient se mesurer à lui. En 1586, on le trouva percé de coups de poignard dans une ruelle, devant une taverne où peut-être le crime avait eu lieu. Il avait vingt-neuf ans. Sa mort ignominieuse se situe au moment de la guerre des trois Henri (Valois, Navarre et Guise), entre la bulle privative du pape Sixte Quint, le 9 septembre 1585, qui déchoit de tous ses droits Henri de Navarre, et la victoire de celui-ci sur l'amiral de Joyeuse, favori d'Henri III, à Coutras, le 20 octobre 1587.

Gisbert Voet ou Voëtius (1589-1677), par la suite adversaire juré de Descartes, qu'il accusa d'athéisme et dont il fit condamner deux lettres apologétiques par les magistrats d'Utrecht, a prétendu que le futur cardinal Jacques Davy Du Perron avait eu part au meurtre pour se venger de quelques mauvaises satires.

Du Perron, né de parents calvinistes dans le canton de Berne en 1556, se convertit sous Henri III. Caméléon des princes comme de Dieu, admirable poète dans notre langue (il ambitionna dans un vers célèbre d'élever « un temple à l'inconstance »), il devait prononcer à trente ans l'éloge funèbre de Pierre de Ronsard : « Grand ennemi et grand imprégnateur des ministres en l'erreur... »

Le propos de Voëtius est-il une calomnie ? Et, si le soupçon est fondé, Du Perron utilisa-t-il les services d'un tueur à gages pour régler son compte à l'insolent cadet ? Ou bien lui-même... L'assassin ne fut jamais retrouvé.

UN DANSEUR DE QUOLIBETS

Une vie entre chien et loup.

Charles Timoléon de Sigogne, dont on ignore la date de naissance, 1560 ? 1565 ?, est dès son entrée dans l'adolescence, comme Du Bartas et Papillon de Lasphrise, soldat de métier. Son père est le capitaine René de Beauxoncles qui dirigeait, dans le comté de Dunois, deux cents hommes de pied des vieilles bandes du Piémont, et qui fut ensuite gouverneur de Dieppe. Sa mère, Jeanne des Essarts, est dame d'honneur de Catherine de Médicis.

Très tôt il fait parler de lui. En 1587, à Vimory, il arbore sous le feu de la mitraille ennemie le drapeau blanc semé de fleurs de lys noires qui est l'emblème de la Ligue. Après la bataille d'Ivry, fatale à Du Bartas, c'est lui qui, en se rendant, le remet à Sully. En 1598, la paix de Vervins lui permet d'obtenir le gouvernement de Dunois et de Châteaudun. Henri IV fait de Sigogne son confident. Le 11 août 1599, d'Entraygues a cédé au roi sa fille Henriette, mineure encore, en échange du marquisat de Verneuil et de cent mille écus. Sigogne est placé auprès de la maîtresse royale en qualité de secrétaire mais surtout de garde du cœur. Il fut très vite un Argus aveuglé, la jeune marquise l'enjôla. Prétextant le désir de piquer la jalousie du roi, elle se fit adresser par son secrétaire des billets enflammés d'autant plus crédibles qu'il n'était pas seulement de mèche mais allumé pour de bon.

Quand, après la conspiration du comte d'Auvergne, la famille d'Entraygues fut arrêtée, la marquise dévoila les lettres que Sigogne lui avait adressées et qu'elle gardait précieusement. Il fut disgracié et renvoyé à Dieppe dont il tenait, après son père, depuis 1603, le gouvernement.

Pour retrouver les faveurs du roi, Sigogne écrivit une longue missive où il se mue en avocat et laisse éclater sa rancune contre la Verneuil. Mais c'est une occasion des plus ridicules et touchantes qui permit à Sigogne de reparaître à la Cour : le petit chien d'Henri IV, appelé Fanor, était, croyait-on, enragé. On le mena aux bains de Dieppe dont la rumeur disait qu'ils pouvaient enrayer cette affection. Sigogne tint à baigner le chien lui-même et lui prépara des repas exquis. Recevant Fanor guéri, le roi s'exclama : « Qui m'aime aime mon chien ! »

Dans son *Journal*, Pierre de L'Estoile évoque le trépas de Sigogne, survenu le 16 avril 1611 : « En ce mois mourut M. de Sigogne, gouverneur de Dieppe, duquel on disait que le gouvernement d'un haras de garces [...] eût été plus propre que celui d'une telle ville : aussi y était-il parvenu par le maquignonnage et sale trafic de cette marchandise. Il mourut pauvre et, disait-on qu'à peine l'on avait trouvé de quoi le faire enterrer. »

L'art sorcier.

C'est à un guignol grandeur nature que nous convie Sigogne, où les maquerelles étiques, les vierges grasses au teint de suif, les courtisans haillonneux abondent, dépouilles qui n'abritent que du vent, tandis que le poète fait péter aux quatre coins du théâtre boules puantes et bombes à retardement.

Obéissant au conseil de Ronsard sur l'usage du vocabulaire des métiers, Sigogne se servira de la connaissance acquise par l'intermédiaire de son parrain, Cossé-Brissac, grand fauconnier de France, de la Vénerie et de la Volerie. À propos de vol, l'Italie lui fournira par Berni et consorts la matière première de ses *Rimes plaisantes.* Pourtant, il n'y a personne de moins latin que lui. Gaulois, Sigogne, jusqu'au bout de ses vers ! Hirsute comme on imagine les druides, fou du sang, des humeurs et des cendres de ses victimes littéraires. Ainsi Mlle Du Tillet, entremetteuse notoire à laquelle Sigogne, dans une satire recueillie par Pierre de L'Estoile, s'adresse en ces termes :

Quiconque t'a hantée, infâme maquerelle !
L'espace de trois mois, et demeure pucelle,
Est aussi bien que Malthe à preuve de canon :
Car, comme le soleil orne le sein des roses,
Un pucelage ainsi, quand tu peux ou tu oses,
Se dissipe et se perd au seul bruit de ton nom.

[...]

L'œil du ciel ne voit rien, quelque part qu'il regarde,
Si laid que ton visage, encor que tu te farde ;
Mais le rouge d'Espagne et le blanc sublimé
Paraissent sur ta peau comme sur une botte
De la cire fondue, ou l'éclat de la crotte,
Ne pouvant embellir un teint si enfumé.

Visage de grotesque, un jambon de Mayence,
Broché de romarin, est de ta ressemblance
Quand sur ta tête folle on plante le boucquet,
Mêlant l'émail des fleurs à la ratepenade,
Car le mal étranger d'une chaude pellade,
En suant t'arracha le poil de ton casquet.

[...]

À toute heure on te voit, ayant ta rase tête
Couverte de la peau de quelque étrange bête,
À cheval en balai voler dessus Paris,
Passer dans les clochers, battre de porte en porte,
Et, au Moine-Bourru tenant fidèle escorte,
Frapper sur les bassins de tes charivaris.

Souvent, pour exercer l'art de tes sorcelages,
Tu vas, changée en louve, aux carfours des villages,
Cruelle, dévorant les petits et les grands,
Du tout inexorable aux cris et à la plainte ;
Puis, la panse remplie et la mâchoire teinte,
Tu dépouille ton charme et ta forme reprends.

[...]

Effroyable mégère, hermaphrodite brune,
Qui a l'œil d'une truye et le teint d'une prune,
Les mains d'une guenon, les joues d'un pendu,
Les tétons et le sein comme une bourse vuide,
L'éclat d'un âne mort, l'embonpoint d'une bride,
Va-t'en dans les Enfers, Paris t'est défendu !

Recueils divers bigarrés de Pierre de L'Estoile.

Quand Sigogne épingle une apparence de pouvoir, c'est avec la précision furieuse des prêtres barbares, aux endroits propices à la conjuration, avec cet entrain, aussi, ce vertige, qu'entretiennent aujourd'hui les derviches tourneurs.

Il composa des satires avant Mathurin Régnier. C'est la renommée du neveu de Philippe Desportes dans l'exercice de ce genre qui crée quelquefois la confusion chronologique et fait de Régnier le maître de Sigogne.

Toute sa vie, notre poète pratiqua assidûment un genre dérivé de la fatrasie du Moyen Âge, le galimatias, au début chanson obscène qu'on gerbe dans les banquets mais qui peut prendre les apparences d'un solennel *nonsense*. Il y a quelque chose d'échoué dans le galimatias, un peu comme ces bancs de baleines qui, sur les rives du Pacifique, viennent de temps en temps haleter leur ennui de la mer. On entend dans cette farcissure l'écho d'une basse-cour marine. L'auteur de galimatias fomente un déluge de silence rythmé pour mieux y embarquer tous les mots du monde, Noé qui s'hallucine. Le poème se secoue, jeté sur la terre ferme de la page, il tremble d'eau natale, il s'ébroue encore en un vain bruit que le scribe fidèlement écrit, accroupi dans une flaque de rire et d'effroi.

Ce qu'on a appelé « phébus » n'est pas si obscur. Il signifie ou paraît signifier quelque chose. C'est un brouillard dans lequel il entre quelque rayon de lumière. Mais cette lueur est trop fugitive pour que nous puissions distinguer les objets. Maynard disait à un écrivain de son temps qui tombait dans le phébus et le galimatias :

Mon ami, chasse bien loin
Cette noire rhétorique.
Tes écrits auraient besoin
D'un Devin qui les explique.
Si ton esprit veut cacher
Les belles choses qu'il pense,
Dis-moi, qui peut t'empêcher
De te servir du silence ?

Mais, plutôt que de se taire, le furieux aime discourir, même au risque de n'être pas compris. Sigogne est un « bigarreur », rejeton joyeux, inquiétant souvent, de Satyrus, le chèvre-pied priapique. Il a des maléfices et des terreurs une connaissance concrète, physique. Le fond de son esprit est sombre, c'est une caverne venteuse où s'assemblent des visions tentatrices, toujours de longues filles dont il se flatte de guérir les pâles couleurs à force d'estocades. Il est hanté par un vertigineux bilboquet sexuel : « Je sais jouer au trou madame / Mieux que tous les hommes vivants. » Sigogne écrit comme on tient le journal de ses rythmes secrets :

Seine au front couronné de roseaux et de saules
Pour voir votre beauté souleva ses épaules
Et prononça ces mots : « Messieurs des pois pilés
Qui veut des choux gelés ? »

À l'ombre d'un cheveu se cachait Isabelle,
La gaine et les couteaux auprès d'une escarcelle,
Des marrons, des éteufs, du cresson alénois,
Pour Ogier le Danois.

Non, je n'approuve point la vanité des hommes :
J'aime l'ambition comme un Normand les pommes :
Que vous seriez joli, si vous n'étiez pelé,
Monsieur le Jubilé !

Quand le brave Nembroth bâtit la tour superbe,
Il courut la quintaine et dansa dessus l'herbe,
Faisant sur le pied droit, mais il fut bien camus,
Voyant Nostradamus !

« Jaloux flots de la mer, ennemis de ma vie,
Dit Léandre en mourant, si ma belle est ravie,
Me conjurant le ciel pour passer l'Achéron,
Adieu mon éperon ! »

On lit ceci, ensuite, qui fleure le sabbat :

Masse à dix, tope, tingue ! un éventail d'ermite,
Une lance de sucre, une anse de marmite,
Puis un poulet bardé de la poudre d'Iris
Et de chauve-souris !

De soixante escargots accoucha Pampelune ;
Trois jeunes hérissons des loups gardent la lune,
Parce qu'il est secret d'effet et de renom
Comme un coup de canon !

Un quatrain déjà précieux termine cette pièce, des alexandrins doux-coulants comme les savait si bien rimer Antoine de Nervèze, que Sigogne croisa plus d'une fois sans doute dans les détours de la Chambre du roi, Nervèze, Poitevin, secrétaire auprès d'Henri IV puis du prince de Condé, auteur entre 1594 et 1612, d'une poignée de romans héroïco-galants. Nervèze obtint des dames par flânerie ce que Sigogne s'escrima à distraire par gambade.

Belle qui paraissez aux amants si cruelle,
Vous aveuglez les yeux, ainsi qu'une tournelle
À moins que de pitié votre cœur soit époint
Quand on ne s'en plaint point.

Pêchez des hannetons en un crible d'ivoire
Pour conjurer les morts, lisez dans le grimoire,
Les amants pour vos yeux endurent le trépas.
Mais ils n'en meurent pas.

LA CONSTELLATION SARASIN

Pourquoi Sarasin ?

Pourquoi Sarasin dans ce panorama des furieux ? Pourquoi cette figure emblématique du jeu et de l'amour s'est-elle imposée comme une évidence ? À cause de ce nom de guerrier lointain ? De l'injuste oubli où ses œuvres sont tombées ?

Car enfin, Sarasin, qu'est-il ? À peine baroque, précieux sans folie, inventeur du mot « burlesque » mais sans être le moins du monde soumis à cette *burla* (plaisanterie) qui perdra beaucoup de ses contemporains, politique avec la maladresse de ceux pour qui le pouvoir est un moyen et non un but.

On l'a déjà dit, mais c'est vrai que cela saute aux yeux : Sarasin ressemble au futur La Fontaine. Il l'annonce, il lui ouvre une voie, le naturel. Peut-être cet aspect m'a-t-il retenu comme un contrepoint nécessaire, un maillon de la chaîne fleurie qui mène aux temples d'or du classicisme ? Sarasin m'a plu parce que s'il adhère à des chapelles, surtout ardentes, c'est au nom d'une seule église : l'art, et d'un seul credo : la liberté de dire.

Une vague de la déferlante normande.

Jean-François Sarasin naît le jour de Noël 1614 à Hermanville-sur-Mer, près de Caen, capitale de la Basse-Normandie et patrie selon quelques-uns de Guillaume le Conquérant.

Il est le fils de Roger Sarasin, avocat du roi en la vicomté à Caen, et de Catherine du Mont.

Vers 1635, il descend de sa province à Paris, comme l'ont fait avant lui « l'ardent solliciteur des Muses incommodées » auprès de Richelieu, Boisrobert, et son frère d'Ouville qui a traduit Calderón et Lope de Vega, comme l'a fait aussi Georges de Brébeuf auquel on doit un *Lucain travesti* et surtout des *Entretiens solitaires* d'une ardeur sévère, presque janséniste :

> Puissent ces beaux embrassements
> Dans mon cœur enflammé se redoubler sans cesse,
> Et les siècles entiers me seront des moments.

À peine arrivé, Sarasin entre au service de Chavigny, l'un des proches du cardinal, dont il porte les valises diplomatiques en Italie et en Allemagne. C'est chez lui que le jeune homme croise Vincent Voiture qui lui déplaît mais auquel désormais il rêve de succéder.

Voiture : el rey Chiquito.

Ce fils d'un tonnelier d'Amiens a dix-sept ans de plus que Sarasin et il est au faîte de sa gloire.

Voiture est alors un nom plus lent, plus cahotant qu'aujourd'hui. Le porter, c'est être contraint d'avancer, de franchir en songe chaque nuit ce gué peu profond qui est notre horizon.

El rey Chiquito, à peu près « le roi Riquiqui » en français, comme le bernard-l'hermite habite un patronyme trop encombrant pour lui. L'avez-vous vu ? Il est passé par ici, il repassera par là. Tête rousse, habit rouge, en rage, en rut, sautillant comme cet automate inventé par le grand Albert, sonore comme cet homme de fer que le chancelier Bacon a fait construire. Il est ce robot d'étoupe que la belle Romaine Catherine de Vivonne – Voiture anagrammatisa son prénom en Arthénice – dans son hôtel de la rue Saint-Thomas-du-Louvre, d'un rire de gorge enflamme et réduit en cendres, chien-bijou à laisse d'or tressé.

Le salon où l'épouse de Charles d'Angennes, marquis de Rambouillet, officie depuis 1610 est son labyrinthe de foire du Trône, un parcours du combattant semé de miroirs déformants, de pièges candis, de chausse-trappes en verre filé.

Écoutons Esprit Fléchier, après le sceptique Pierre Bayle qui qualifie l'hôtel de Rambouillet de « véritable palais d'honneur », louer le salon bleu « où se rendaient tant de personnes de qualité et de mérite qui composaient une cour choisie, nombreuse sans confusion, contrainte sans orgueil, polie sans affectation ».

Au sein de cette assemblée raisonnable, Voiture va déchaîner une mousson de rimes. Équilibriste du néant orné, il ne publie pas, jette ses rondeaux aux étourneaux, faiseur de comètes en chambre, d'entrechats de langue, de pirouettes de pierrot.

Si la préciosité, c'est coder et codifier avec adresse la vanité de tout langage et l'absurdité de toute entreprise, il fut le plus précieux des poètes.

Pour se distraire de la galanterie, mais avec la même sûreté dans le choix de ses cibles, Voiture devient diplomate. Favori de Gaston d'Orléans, il comprend vite que les cabales ourdies contre Richelieu servent la cause de la maison d'Autriche. Alors, délaissant ses marquises, il loue d'une voix forte, où l'on ne reconnaît plus le fausset des ruelles, la politique du ministre qui venge la France en rabaissant l'Espagne : « Voyons s'il s'en est fallu de beaucoup qu'il n'ait renversé ce grand arbre de la maison d'Autriche, et s'il n'a pas ébranlé jusques aux racines ce tronc qui de deux branches couvre le septentrion et le couchant, et qui donne de l'ombrage au reste de la terre. »

Ce ne seront pourtant pas les intrigues politiques mais les susceptibilités amoureuses qui auront raison de « l'Âme du Rond », comme on le surnomme à l'hôtel de Rambouillet. Peut-être a-t-il jeté les yeux trop haut, vers la fille de Catherine de Vivonne, cette intraitable Julie d'Angennes dont le minuscule abbé Antoine Godeau, précepteur des jeunes princes de Conti, est le « nain ». Sainte-Beuve rappelle dans le livre II de son *Port-Royal* qu'émule et contemporain exact de M. d'Andilly pour les vers sacrés, Godeau en composait jusqu'à trois cents en un jour et qu'il fut houspillé par les jésuites : *« Godellus an poeta ? »* Godeau est-il poète ? interrogea un certain père Vavassor dans un petit pamphlet.

Ils sont tous amoureux de Julie, qu'un tableau de Mignard représente, « lionne » aux yeux bridés, aux cheveux lourds, aux épaules crémeuses généreusement dévoilées, que rendent plus troublantes encore des flots de dentelle indécise. Pendant des lustres, le marquis de Montausier, qui sera le modèle d'Alceste, attendra son consentement, lui faisant tresser en désespoir de cause une guirlande de poèmes où quelques fleuristes vont plus loin dans le compliment que pour un hommage de circonstance. En 1645, bientôt mûre, enfin elle dira oui.

Comme Verlaine plus tard, Voiture, qui a sans doute aimé au-dessus de sa condition, pourtant étoilée, retombera épuisé entre deux filles de joie :

L'un meurt, qu'à sa fantaisie
Il ne s'avance à la cour ;
L'autre meurt de jalousie ;
Et moi je me meurs d'amour.

Prométhée est à la chaîne,
Et becqueté d'un vautour,
Il ne meurt de cette peine ;
Et moi je me meurs d'amour.

D'une plainte désolée,
Ainsi Tircis, l'autre jour,
Disait dans cette vallée :
« Et moi je me meurs d'amour. »

Il fendait le cœur des marbres,
Et l'écho même à son tour
Faisait redire à ses arbres :
« Et moi je me meurs d'amour. »

Mais, en attendant, comme il se sera bien amusé, comme le naturel avec lui aura coulé de source !

En 1648, mourant, c'est à Sarasin qu'il confie son sceptre magique. Le jeune Normand lui rendra hommage dans une « Pompe funèbre » en prose et en vers, curieux livre qui est un mélange de latin, d'italien, d'espagnol, de français moderne et ancien.

Ainsi, à sa dernière extrémité, Voiture reconnut-il en Sarasin celui qui devait lui succéder. Insoucieux de sa gloire posthume, traitant d'avance les libraires qui voudraient réunir ses *Œuvres* d'idiots, il préféra quelqu'un qui ne le souffrait guère à ce Pierre Costar par exemple, de son vrai nom Costaud, fils d'un chapelier parisien, qui le suivait comme un spectre, une sorte d'ombre outrée, auteur d'une *Défense de Voiture* très bien payée par Mazarin et qui avait mis à son panégyrique l'ardeur des chevaliers errants pour leurs maîtresses.

Sarasin ou l'héritier malgré lui.

Le portrait par Robert Nanteuil de Jean-François Sarasin qui figure en tête de l'édition posthume des *Œuvres* montre un homme parfaitement maître de lui, sûr de son charme, s'accommodant à merveille des apparences qui l'entourent. Son sourire est irrésistible, soupçon de gouaille sous les trémas d'une moustache qui s'accélère aux commissures. Son regard a l'obliquité de celui de Voiture saisi par Philippe de Champaigne, mais en moins papillotant, moins ricaneur à froid, plus généreusement ironique, avec un fond de lourdeur sensuelle exagérant la pupille.

Au contraire de Voiture, Sarasin a plus d'imagination que d'invention, ce qui sera plus tard pour Ramuz le signe du génie. Il s'illustre dans tous les genres, brûlant d'égaler, comme il le proclame, « la gloire de Malherbe et celle de Ronsard ». Rien ne le déconcerte, ni l'agréable ni le tendre, ni le sérieux ni l'enjoué. Il n'est pas un beau ténébreux à la manière de Jean Ogier de Gombauld, l'Amadis de Marie de Médicis, poète saintongeais à la voix cérémonieuse et accidentée, dont les dissertations sur le « je ne sais quoi » ont quelque chose de nocturne et de fatal. Il ouvrage dans un perpétuel clair-obscur.

Sur son bureau, entre Lucrèce et Salluste, il a placé deux vieux livres qu'il aime relire avant d'écrire, *Perceforest*, dont l'étude fut prescrite par Catherine de Médicis à Charles IX enfant, et *Saint-Graal* ou *Sangréal*, le plus rare aujourd'hui des romans de la Table Ronde, imprimé pour la première fois en prose française par Gallyot du Pré en l'an 1516. Dans la vapeur des baldaquins, étoffe issue des *Mille et Une Nuits*, il enclot l'écho des babils de la chair, entre soupir et cri, colin-maillard des mains qui cherchent, amour aveugle, dore l'ombre des chambres, gaspille l'or du loisir :

Au bord de l'océan, où le flot qui se joue
Avec beaucoup de bruit produit un peu de boue
Rêvant confusément sur des objets divers,
Je flatte ma tristesse à composer des vers,
Et laisse en liberté couler ma poésie
Selon les mouvements où va ma fantaisie.

Tantôt je suis moral, tantôt j'écris d'amour ;
Je peins une naïade, un jardin, un beau jour,
Un étang, des rochers, des forêts, une source,
Le lit où le soleil s'en va finir sa course,
Et tout ce que je vois qui s'offre à mon esprit
Avec facilité ma muse le décrit.
Autrement, si les vers me donnaient de la peine,
Je laisserais Phébus et les eaux d'Hippocrène.
Car le poète naît, la nature le fait ;
Le travail rend toujours un plaisir imparfait...

« Discours I : Que la poésie
lui sert de divertissement »,
Nouvelles Œuvres.

André Chénier, dans sa dix-septième *Élégie*, dira ceci qui n'est pas éloigné : « L'art ne fait que des vers, le cœur seul est poète. » La poésie est donc pour Sarasin son repos du guerrier, un divertissement naturel et savant qui, ménageant des clairières ombreuses dans l'entre chien et loup du désir, lui redonne des forces pour l'entretien galant.

Et, pendant ce temps, Chapelain, juché sur des bottes qu'il faut lacer, harnaché de satin colombin, agite à tout propos la petite voile de son tire-morve et, régent pituitaire des Lettres, distribue en colonnes bancales des vers à chevilles qu'il adapte d'une prose aqueuse. Parce que son habit est si recousu que les fils en se croisant forment la représentation d'une toile, on l'appelle « le chevalier de l'ordre de l'Araignée ». Ce qui est grâce, fantaisie, ombre douce, anéantissement savoureux, bon plaisir chez Sarasin, devient, sous le petit bonnet de Chapelain, obstination d'insecte, volonté de réduire ce qu'on ne peut entendre, idée fixe d'un Sisyphe asthmatique et roué.

Linière écrira de *La Pucelle*, parue en 1656 (Sarasin est mort depuis deux ans) :

Une pucelle
Jeune et belle ;
Vingt ans, à la former, il perdit son latin ;
Et de sa main,
Il sort enfin
Une vieille sempiternelle.

Et Boileau raillera, dans un pastiche de l'infortuné, les douze livres, chacun de douze cents vers, du poème :

Maudit soit l'auteur dur, dont l'âpre et rude verve,
Son cerveau tenaillant, rima malgré Minerve ;
Et, de son lourd marteau martelant le bon sens,
A fait de méchants vers douze fois douze cents !

« Vers en style de Chapelain, pour mettre
à la fin de son poëme de La Pucelle »,
Épigrammes.

Chapelain, modèle d'Harpagon ? Son avarice fut la cause de sa mort. On raconte que s'étant mis en chemin pour se rendre à l'Académie un jour de pluie, il ne voulut pas payer le droit de passer le ruisseau sur une planche. Il passa au travers de l'eau et se mouilla jusqu'à mi-jambe. Il alla quand même à l'assemblée mais il prit froid et en mourut. Quand il rendit l'âme – à soixante-dix-neuf ans, le 22 février 1674 – les sacs de son argent (on a parlé de cinquante mille écus) étaient encore rangés autour de lui et il les contemplait avec ravissement, comme un meunier ses sacs de farine.

Sarasin n'a jamais mangé de ce pain-là. Il fut prodigue en baisers comme en chansons. Il incarna la joie de vivre et celle de gagner, en amour comme au jeu. Eût-il été plus chaste ou plus contrarié dans ses penchants, son œuvre aurait pris un essor que sa conversation merveilleuse détourna sans doute.

Jamais il ne saura modérer sa langue. Partout, chez Paul de Gondi, le futur cardinal de Retz, qu'il sert, présenté par Gilles Ménage, de 1644 à 1648, à l'hôtel Condé où il devient l'intendant du prince de Conti en 1648, à l'hôtel de Rambouillet comme chez Mlle de Scudéry plus tard, il chante ses confidences de velours, ses tentations insinuantes. Au creux des ruelles d'alcôve, les dames croient entendre Éros voler. Sa voix de basse à peine assourdie vibre comme un archet dans le sommeil accueillant de leurs sens. Pourtant, ce dupeur de filles, ce jouteur enjoué, avait été marié. Le 25 septembre 1644, notre joli cœur épousait une riche laide, Marguerite Bouer, veuve de Jacques de Pille. Cela commença bien, elle avait trente mille livres de dot, ce qui fit dire au poète qu'il ne serait plus sans croix ni pile. Cette allusion aux louis d'or, dont la pile est l'effigie du roi et la face la croix, signifiait qu'il n'aurait plus désormais de soucis d'argent. Le revers de la médaille était l'humeur acariâtre de son épouse, qui le tourmentait sans cesse. Elle avait en outre une voix de crécelle qui exaspérait Sarasin, au point qu'il demandait souvent si l'on pourrait un jour perpétuer l'espèce sans femme. Ce galant homme, si expert en caresses, d'une si évidente sensualité, ne sut jamais réchauffer la harpie. Il se renferma dans un silence bourru, se fabriqua autour de lui, à force de lassitude, une sorte de caverne où il cultiva sa torpeur. Il se découragea de faire le bel esprit. Il disait à ceux qui le pressaient de rallier de nouveau les Muses : « Laissez-moi. J'envie le sort de mon procureur, qui fait fortune et commence toutes ses lettres par ces mots : j'ai reçu l'honneur de la vôtre sans que personne y trouve à redire. » Après dix-huit mois de ce régime, Marguerite demanda une séparation de biens qu'avec sa politesse coutumière Sarasin l'avait laissée formuler.

Libre et désargenté, à plus de trente ans, Sarasin se loue comme âme damnée du prince de Conti. Il remplace Jean de Montreuil. L'héritier malgré lui de Voiture, qui avait failli tourner au bourgeois, va retrouver toutes ses ardeurs à Chantilly.

La Diane de Chantilly.

Dans l'antre lunaire des Condés, au premier coup d'œil, il s'éprend de la jeune duchesse de Longueville. Gracile et gracieuse, elle s'accorde aux nuances de l'été d'Île-de-France, dans le parc, autour des étangs, sous les hauts arbres :

Ô beauté sans seconde,
Seule semblable à toi,
Soleil pour tout le monde,
Mais comète pour moi.

Recueil des plus beaux vers
qui ont été mis en chant (1661).

Tout bruit en ces heures d'une vie qu'on ne reverra plus guère, dévouée à la danse, au chant, à la récitation et, entre deux retraites, à l'amour désespérément humain. Comme le disent ces vers consacrés aux *Samedis de Sapho* (Madeleine de Scudéry) :

Quand ces gens se sont retirés,
Car sur la fin du jour le voisin se retire
On va chercher le frais de l'ombre et du zéphire
Dans les lieux les plus égarés
L'on goûte le repos des routes reculées,
L'on roule au petit pas sous de sombres allées,
L'on s'enfonce au plus creux des bois,
L'on rêve sur les bords de l'onde,
L'on y lit des romans, l'on exerce sa voix,
La liberté bannit toutes les lois,
Et le caprice seul y règle tout le monde,
Si le jour fait place à la nuit,
On voit danser sous les feuillées
À la simple clarté de la lune qui luit
Mille nymphes déshabillées
Qu'au travers des buissons le faune amoureux suit

Imaginons ces mots accompagnés sur le luth par Charles Mouton, musicien rouennais que Sarasin célébra dans son *Mouton fabuleux* et dont la musique résonne comme un sanglot d'adieu. Jamais le style brisé propre à cet instrument, « arbitre de l'Amour, de la Paix et de la Guerre », n'a mieux mérité son nom qu'avec l'auteur du *Dialogue des grâces sur Iris* ou des *Amants brouillés.*

Deux cents ans plus tard, le philosophe romantique Victor Cousin devait tomber amoureux fou d'Anne-Geneviève de Bourbon, au point que Taine le surnomma « l'amant posthume de Mme de Longueville ». En effet, celui auquel on doit *Du Vrai, du Beau et du Bien* évoqua le grand Condé comme s'il s'agissait de son beau-frère et parla de François de Marcillac, duc de La Rochefoucauld, à la manière d'un rival. Peut-être le rencontra-t-il sur quelque pré imaginaire ?

La duchesse était la fille du troisième prince de Condé et de la fameuse Charlotte de Montmorency, célébrée par Malherbe comme une nouvelle Vénus pour émoustiller le Vert-Galant :

Elle était jusqu'au nombril
Sur les ondes paraissante,
Telle que l'aube naissante
Peint les roses en avril.

Œuvres (1642).

Elle était née à Vincennes en 1619. À vingt-trois ans, elle épousa Henri d'Orléans, duc de Longueville, descendant de Dunois. « Le duc de Longueville, écrit le cardinal de Retz, avait de la vivacité, de l'agrément, de la libéralité, de la justice, de la valeur, de la grandeur ; et il ne fut jamais qu'un homme médiocre, parce qu'il eut toujours des idées qui furent infiniment au-dessus de sa capacité. »

Retz est plus indulgent pour la duchesse : « La duchesse de Longueville avait une langueur dans ses manières, qui touchait plus que le brillant de celles mêmes qui étaient plus belles. Elle en avait une même dans l'esprit, qui avait ses charmes, parce qu'elle avait, si l'on peut le dire, des réveils lumineux et surprenants. Elle eût eu peu de défauts, si la galanterie ne lui en eût donné beaucoup. Comme sa passion l'obligea de ne mettre la politique qu'en second dans sa conduite, d'héroïne d'un grand parti, elle en devint l'aventurière. »

Lors de la première Fronde, la duchesse fut, en effet, l'inspiratrice et la muse armée de la rébellion contre Mazarin, auquel elle vouait une haine froide, et l'amitié qu'elle avait pour Retz confinait à la cajolerie. C'est elle qui décida la défection d'Armand, prince de Conti, celui-là même que Sarasin servait. C'est elle aussi qui entraîna la retraite de la Cour à Saint-Germain, qui s'installa en compagnie de la duchesse de Bouillon à l'Hôtel de Ville, puis décida de la signature du traité de Rueil entre la Cour et la Fronde, le 11 mars 1649.

Lors de la deuxième Fronde, ses deux frères furent arrêtés. Son mari, qui était gouverneur de la Normandie, le fut aussi. C'était en janvier 1650. En février, Descartes mourut. Un an plus tard, alors qu'on libérait Condé, le soulèvement devint général. Une année encore, et le roi rentra à Paris, le 21 octobre 1652. Cinq mois après, en février 1653, Mazarin rejoignit à son tour la capitale.

Toute sa vie, la duchesse de Longueville fut ouvertement convoitée par ses frères. Par le vainqueur de Rocroi (1643) d'abord, puis d'une façon plus traîtresse par le sombre Conti, aussi contrefait que le Richard III de Shakespeare, et oscillant désespérément entre le péché le plus proche et la dévotion la plus cruelle, entre le salace et le cilice. Et jamais, ce qui mettait Cousin dans une fureur d'amant trahi, elle n'essaya de tempérer leurs ardeurs ou de les tenir à distance, éprouvant même une volupté délicieuse à les frôler à tout propos.

Fit-elle aussi la frôleuse avec le pauvre Sarasin que l'on n'avait guère besoin d'enflammer ? L'aventure, si elle eut le moindre commencement de réalité, en tout cas tourna court. On en devine des échos dans plusieurs poèmes qu'Apollinaire sans doute connaissait, tant on retrouve ce ton-là dans *La Chanson du mal aimé* :

> Achille, beau comme le jour,
> Et vaillant comme son épée,
> Pleura neuf ans pour son amour
> Comme un enfant pour sa poupée.

La duchesse finit ses jours dans la dévotion. Elle mourut le 15 avril 1679 au monastère des carmélites du faubourg Saint-Jacques, à Paris. Son cœur fut porté à Port-Royal dont elle avait fréquenté les allées.

La gloire d'Amilcar.

Les hommes aussi recherchent les faveurs de Sarasin. Quand il parle, sa conversation qui ne chantourne pas suscite chez ses auditeurs, selon un témoin, « des emportements de joie ».

Charleval, mentor libertin de la jeune Ninon de Lenclos, écrit, gourmand :

Sarasin, quand je t'aperçois,
Mon cœur ressent mille allégresses,
Et si tu viens manger chez moi,
Je te mangerai de caresses.

Scarron, lui, se plaint de ne recevoir aucune visite de son ami. « Le maître des perclus », comme l'appelle Saint-Amant, est devenu infirme à vingt-huit ans.

En 1638, chanoine du Mans, il alla passer le carnaval dans cette ville. Il se masqua en sauvage avec tant de réalisme que son accoutrement le fit poursuivre par tous les enfants du lieu. Ils s'enhardirent au fur et à mesure que leur nombre grandissait, lancèrent des quolibets, bientôt ramassèrent des cailloux. Pour leur échapper, Scarron se réfugia dans un marais glacé dont les miasmes obscurcirent ses veines et lièrent ses nerfs de telle sorte qu'il perdit en quelques heures l'usage de ses jambes qui dansaient, de ses mains qui peignaient et jouaient du luth. Dans ce reproche à Sarasin rythmé en vers qui sautillent, on entend bien que Scarron a perpétuellement des fourmis dans les pieds : Sarasin / Mon voisin / Cher ami / Qu'à demi / Je ne voi / Dont, ma foi / J'ai dépit / Un petit, / N'es-tu pas / Barabas, / Ganelon, / Busiris, / Phalaris, / Le félon, / De savoir / Mon manoir / Peu distant / Et pourtant / De ne pas, / De ton pas / Ou de ceux / De tes deux / Chevaux gris / Mal nourris, / Y venir, / Réjouir / Par tes dits / Ébaudits / Un pauvret / Maigrelet / Au col tors... *(Recueil de quelques vers burlesques.)*

Sarasin connaît toutes les gloires de son temps, des armes, du jeu, de la galanterie ou des Lettres. Mais, dans chacun de ces domaines, il est presque sans rival. Il trouve même le moyen d'être l'un des plus féroces des satiriques. Au point que Mazarin le fait embastiller quelque temps pour de méchants vers à l'adresse du roi, après la représentation par les Comédiens Italiens de l'*Orfeo* de Rossi, « à l'occasion de laquelle fonctionnent un peu coûteusement de merveilleuses machines à jeter de la poudre ».

C'est chez Mlle de Scudéry que Sarasin rencontra celui qui devait devenir son ami le plus cher, l'horrible et dolent Pellisson, l'un des fondateurs du français moderne. Pellisson était fou de la demoiselle et il se tissa entre eux des liens arachnéens dont la solidité surprend, car ils se nourrissaient d'une distance prudemment conservée, grâce à des masques intérieurs repeints chaque jour.

Madeleine de Scudéry, la sœur du redoutable et sonore Georges qui signera plusieurs de ses œuvres et fut le modèle du Matamore de Corneille, était née en 1607, elle mourra presque centenaire.

C'est une vieille fille intarissable et prompte aux larmes, maigre et noiraude. Si, pour citer Honoré de Balzac, une nuit d'amour est un livre de moins, la virginité de l'auteur du *Grand Cyrus* suffit à expliquer sa fécondité. Épeire mélancolique, elle étire ses immenses toiles dans tous les recoins de Versailles, ou, ce qui est la même chose, de la Perse ou de Rome. Elle met en scène inlassablement des conversations, sous l'orme ou sous les lustres, qu'on n'entend plus. Ses personnages sont les porte-parole d'un songe qui ne se conclut jamais qu'en lui-même, petites figurines solennelles qui ont une clé dans le dos qu'il faut remonter pour les voir saluer et faire leur compliment.

Dans *Clélie*, dont la parution commence l'année même de la mort de Sarasin, celui-ci est Amilcar et Pellisson, Herminius. On a dit que Madeleine de Scudéry médita et dessina la carte du pays de Tendre, dont l'abbé d'Aubignac lui enlèvera la gloire de la découverte en publiant sa *Relation du royaume de Coquetterie*, pour répondre à l'inquiétude amoureuse de Pellisson.

En effet, celui que d'Artagnan arrêta en même temps que le surintendant Fouquet est obsédé par les yeux noirs de la pucelle anguleuse, ces miroirs sombres qu'un effort trop grand pour éloigner des feux importuns mouille jusqu'au débordement.

En avançant devant lui dans ce pays troué vers la droite par le lac d'Indifférence et qui de Nouvelle Amitié mène à Tendre-sur-Reconnaissance, le soupirant transi aborderait aux rives de la Mer Dangereuse et, s'il osait s'y aventurer, toucherait aux Terres Inconnues.

Né en 1624, cadet de Sarasin de deux lustres, Paul Pellisson-Fontanier a la face camuse, rougissante et fendue jusqu'aux oreilles d'un rire perpétuel et muet. Avec Colbert, entre autres, il contribuera à la rédaction des *Mémoires* de Louis XIV, sur le modèle des *Sages et Royales Économies d'État* de Sully et du *Testament politique* de Richelieu. Mais auparavant, il avait écrit pour son maître Fouquet, coupable d'avoir offusqué le Soleil, trois plaidoyers où l'on sent partout l'influence de Cicéron, ornés comme le dira Voltaire dans son *Siècle de Louis XIV,* au chapitre XXXII, « avec un art qui paraît peu, d'une éloquence touchante ».

Un rival : Isaac de Benserade.

Auprès de Conti, Sarasin éprouve durement mais avec grâce la condition de serviteur lettré, de courtisan mi-bouffon mi-confesseur, homme à tout faire, à tout aplanir, les désirs intempestifs comme les révoltes d'un tempérament à la fois mystique et comédien (on doit au prince de Conti un traité hostile au théâtre mais il protégea Molière entre deux disciplines).

Une anecdote : le maire et les échevins d'une ville étaient venus dire au prince un compliment. Quand l'édile entreprit de discourir, il sécha dès la première période. Que fit Sarasin ? Aussitôt, il sauta du carrosse où il avait pris place près de son maître et se joignit au harangueur déconfit. Continuant le discours avorté, il l'émailla de plaisanteries si fines, y insuffla un esprit si coloré que le prince ne put se retenir de rire. Les élus de la région, pour remercier le poète, lui offrirent de quoi se soûler une bonne semaine.

Tel est Sarasin, joueur, bretteur du verbe, toujours un atout dans la poche et quelques cartes maîtresses dans la manche. La poésie coule de lui comme l'eau d'une fontaine. Il est intarissable, brutal et plaisant. Il n'est pas, lui, un gagne-petit du lyrisme. Il ne se forge aucune idée de la poésie que celle de son plaisir et de celui des autres. Point de métaphysique là-dedans, c'est un mystère éminemment naturel, secret autant que sacré, comme le sont les orages et les crues, l'odeur d'un désir lointain qu'un brusque sursaut de vent ranime dans les feuillages de l'encre.

Des rivaux s'annoncent ou persistent. En 1649, Sarasin n'avait pas manqué, dans des sonnets dédiés à Jacques Esprit, le moraliste de *La Fausseté des vertus humaines*, de gloser sur le *Sonnet de Job* d'Isaac de Benserade, son aîné de deux ans, qui avait fait ses débuts en littérature l'année du *Cid* (1637).

Benserade est, en avance, un poète plus mondain que galant, un artiste du divertissement sans conséquence. Dans ce qu'on a appelé la querelle des sonnets, la duchesse de Longueville – et Sarasin – soutiennent Voiture, l'auteur du *Sonnet d'Uranie*, et la princesse Palatine, Benserade, faveur qui draina vers ce dernier une bonne partie de la Cour.

Lisez Benserade, vous verrez qu'on peut être sensible aux mollesses indécises d'une poésie aussi périssable que des fruits, destinée à être consommée rapidement, de préférence en compagnie de denrées moins fugaces :

> Madame, je vous donne un oiseau pour étrenne
> Duquel on ne saurait estimer la valeur ;
> S'il vous vient quelque ennui, maladie ou douleur,
> Il vous rendra soudain à votre aise et bien saine.
>
> Il n'est mal d'estomac, colique ni migraine
> Qu'il ne puisse guérir, mais surtout il a l'heur
> Que contre l'accident de la pâle couleur
> Il porte avecque soi la drogue souveraine.

Une dame le vit dans ma main, l'autre jour
Qui me dit que c'était un perroquet d'amour,
Et dès lors m'en offrit bon nombre de monnoie ;

Des autres perroquets il diffère pourtant :
Car eux fuyent la cage, et lui, il l'aime tant
Qu'il n'y est jamais mis qu'il n'en pleure de joie.

Les Œuvres.

Ah, le premier vers du premier tercet ! Ce passé simple qui dit tout, sans y toucher...

Sarasin, physiquement, est très Louis XIII, très « côté jardin ». Benserade, qui, par l'intermédiaire de Michel Lambert, le beau-père de Lully, collaborera aux ballets que Louis XIV aimera danser, se situe plutôt « côté cour ».

Ample perruque, œil allumé, bouche aux lèvres de goule, il se drape dans un manteau d'ombre riche et regarde venir de loin celui qui doute. Vampire éclairé de toutes les apparences, il séduira tant Mme de Sévigné qu'elle lui empruntera certains caprices de forme.

Benserade a compris que ce temps était rude aux poètes, aux vrais. Il a décidé de vivre vieux. Il mourra en effet, à soixante-dix-neuf ans, en 1691.

Aventures du burlesque.

Voici donc un homme un peu plus âgé que Sarasin, qui menace sa royauté littéraire. Mais l'auteur d'*Orphée* s'en moque un peu, lui qui règne plus en reître aimable qu'en souverain tatillon. Sarasin, un jour qu'il s'ennuyait, à vingt-trois ans, avait inventé le mot « burlesque », d'après l'italien *burlesco*, qui veut dire facétieux, bouffon.

Il y introduisit une pincée de jeu d'enfer, un soupçon de traîtrise, saupoudra le tout de frénésie glacée. Cette forme particulière d'excès en littérature fut inaugurée par le bon et gros Saint-Amant sous le nom de caprice. On pense à Goya, à Paganini. Saint-Amant fut un extraordinaire joueur de luth. Peut-être rythmait-il sur son instrument, avec une fureur réjouie, ses portraits, ses croquis quotidiens, comme François Couperin le Grand sur son clavecin et Forqueray sur sa viole. Il fut le contemporain de Callot à qui l'on doit d'immortels *Caprices* et de Pierre Paul Rubens, diplomate comme lui. L'encre du premier et la couleur du second s'épousent et se pénètrent dans ces variations de l'imaginaire inspirées de Giambattista Marino, chez nous le Cavalier Marin, dont Chapelain préfacera et présentera d'une façon réductrice, en public, *L'Adone*.

Imaginez une créature dont le sein gauche est une mamelle pendante, lourde et flétrie, qui baguenaude jusqu'au nombril, ornée à son extrémité d'une couronne de poils follets, et dont le sein droit est une pomme ferme à l'aréole rosée qui rehausse l'éclat du mamelon dressé brûlant de subir la tétée de quelque amant vigoureusement retombé en enfance. Cette créature monstrueuse illustre la dualité burlesque-préciosité.

Le burlesque ne s'oppose pas à la préciosité, il en est le singe, et cette parente pauvre du baroque ne laisse pas d'être fascinée par les démonstrations suantes des animaux dénaturés qui la narguent. Ce sont les deux marges d'une même page, le côté cour et le côté brousse d'un même opéra noir.

Fernand Fleuret, ami d'Apollinaire, auteur du merveilleux roman *Histoire de la bienheureuse Raton, fille de joie*, a écrit : « On a beaucoup disserté, sans se mettre d'accord, et sur l'origine du burlesque et sur son caractère propre. Le burlesque n'est pas seulement, comme l'a dit Gérusez, la transformation des sentiments nobles en figures et passions vulgaires. Dans un sens plus général, c'est un comique forcé qui n'a d'autre but que la bouffonnerie, mais qui prend prétexte de la Satire. Il en est comme la parodie. »

Écoutons davantage l'envie qu'exhalent ceux que le moindre génie poétique a désertés. Prêtons l'oreille à leurs sombres plaidoyers, à leurs piques brisées, à leurs rancœurs mal rimées, à leurs désespoirs bréhaignes. Ainsi l'abbé Cotin. C'est chez lui que j'ai trouvé ce quatrain, « Oracle », qui couronne son long poème *Despréaux ou la Satire des satires* :

> Le destin de ces frénétiques
> Que l'on appelle satiriques,
> C'est de mourir le cou cassé,
> Et vivre le coude percé.

Qu'importe alors que son talent n'ait pas excédé une pinte d'eau claire s'il me fournit une définition chaplinesque des enragés du XVIIe siècle, burlesques, ou cuistres d'Apollon. Oui, je veux m'attacher à ceux que la norme ennuie, aux casse-cou du langage, aux importuns des ruelles qui bâillent à l'idée de tourner comme tout le monde le compliment, à ceux que leur torgnole démange, à ceux qu'un rire noir secoue comme une fatalité, bouche d'ombre de Versailles, non dans le silence ardent du jansénisme, mais dans des ruisseaux de sève, dans des retraites juteuses au fond des cabarets de la pleine lune, enfin à ceux, plus sévères et plus mornes, que le bruit de griffe de leur plume sur le papier met, de l'aube au soir, dans ses transes blanches.

Quels qu'ils soient, ces danseurs de Saint-Guy du langage tiennent, de 1640 à 1654, c'est-à-dire jusqu'à la mort de Sarasin, et au-delà, le haut du pavé.

Le plus remuant d'entre eux se nomme Charles Coypeau, sieur d'Assoucy. Fils d'un avocat au Parlement, il est né à Paris en 1605. À l'âge de huit ans, une fugue l'entraîne vers Calais, où il se donne pour le fils de César Nostradamus et se prétend médecin. Il fait tant qu'il vient à bout de l'affection d'un malade imaginaire. Les bourgeois de Calais, croyant avoir affaire à un enfant magicien, lui ôtent ses habits et balancent longtemps pour savoir s'ils vont le jeter à la mer. Finalement, une tempête s'étant levée, un charitable, et peut-être concupiscent spectateur, le prend sous sa garde et l'emmène chez lui. Les années passent. D'Assoucy se rend à Lourdes, à Turin, à Montpellier enfin, où l'amour l'attend sous les traits de deux petits pages qui le tentent et le ravissent, ce qui manque encore une fois le faire mourir sous les coups de la populace alertée. En compagnie de ces angelots jumeaux, il s'échappe et, de pays en pays, à travers toute l'Europe, se couvre de ridicule à cause de l'emphase qu'il met à lire ses œuvres – parmi lesquelles un *Jugement de Pâris en vers burlesques*, un *Ovide en belle humeur*, un *Ravissement de Proserpine* – et de la pompe outrée de sa mise. Puisque tous les chemins y mènent, il échoue à Rome, où ses satires contre la pétaudière papale le soumettent à l'Inquisition qu'il appelle « un pieux enfer ». Il n'est extirpé des geôles du Saint-Office que pour être, à son retour en France, avec ses mignons fourbus et sans autre forme de procès, jeté à la Bastille puis au Châtelet. On lui reproche le même « délit d'amour » qui l'avait fait agresser à Montpellier. Le duc de Saint-Aignan, lieutenant-général de la ville et citadelle du Havre et ami de la charmante bergère du Parnasse, Mme Deshoulières, intercède en sa faveur. D'Assoucy est élargi à condition qu'il se montre désormais plus prudent. Un an avant de mourir, il publie l'histoire de ses prisons (1674). Il laisse manuscrit le récit de ses aventures, qui parut en 1677.

Cyrano de Bergerac l'aimait, dit-on, comme un frère. Molière lui demanda de le suivre dans ses tournées provençales. Nomade perpétuellement ébahi, d'Assoucy ne dut pas dédaigner de figurer sur les tréteaux d'occasion dressés dans quelque cour de ferme ou sur quelque pavé de château. « Le Singe de Scarron », comme on l'appelait, se donna le titre d'empereur du burlesque. N'en fut-il pas plutôt « le roi d'Yvetot », ce royaume enfantin dont Jean Ruault, en 1631, dans un fort volume, apporta les preuves en même temps que l'histoire ?

Les dernières années de Sarasin.

S'il n'est pas sûr que Sarasin ait beaucoup fréquenté ce chemineau bonhomme qui redoublait ses rimes errantes au son du théorbe, il semble avoir souvent, dans les dernières années de sa vie, croisé Tristan L'Hermite qui ne lui survivra que d'un an.

Chez Tristan comme chez Jean-François, l'amoureux désespéré, si délicatement passionné, double le serviteur qui garde ses distances, le joueur effréné côtoie le fou, et le poète, mélancoliquement, les réconcilie.

Né avec le siècle, François L'Hermite, qui descend en droite ligne du prêcheur de la première croisade, a choisi de s'appeler Tristan à cause du vieux roman de Béroul et peut-être aussi parce qu'un Tristan L'Hermite servit Louis XI en qualité de grand prévôt de son Hôtel. *Le Page disgracié*, c'est le nom qu'il se donne en titre d'un roman paru le 28 octobre 1642 pour la première partie et le 5 novembre de la même année pour la seconde, a raconté comment il entre, encore enfant, au service d'Henri de Bourbon, fils d'Henri IV et de la marquise de Verneuil (oui, la tourmenteuse de Sigogne !) et comment, à treize ans, il se bat en duel, laissant son adversaire pour mort. Jusqu'à l'âge de vingt ou vingt-deux ans, il vagabonde en France, mais aussi en Angleterre, en Norvège, jouant, aimant, consultant les cartes d'un ciel perpétuellement changeant, écrivant déjà « d'une écriture qui fume, en traits de pourpre » des vers qui tour à tour décrient et supplient ce « sexe ingrat et léger [...], sans foi, sans jugement et sans élection » dont les incarnations capricieuses se nomment Philis,

Rosélie, Clorinde, Isabelle, Sylvie, Climène, Caliste, Dorinde, Élise, Idalie, Amarille, Angélique ou Daphné...

Les portraits de Tristan dus à Voyez le jeune et à Daret se ressemblent, à plusieurs années de distance. Ils montrent un homme aux gros yeux clairs et vifs, voilés d'une tristesse sauvage. Il vous regarde avec l'attention des paysans, un peu de méfiance, l'aptitude à juger promptement, comme on scrute le ciel pour savoir le temps qu'il va faire demain, comme on jauge un nuage ou la direction du vent. C'est un climatologue averti du cœur humain, il en connaît un rayon là-dessus. Sa tête est petite et ronde, couverte de cheveux rebelles qui ondulent sur les tempes et le long des mâchoires de félin. Le menton est pointu, souligné en écho, près de la lèvre inférieure qui se gonfle d'impatience et d'une esquisse de sourire ombrageux, d'un petit triangle renversé de poils drus et blancs. Sous le nez court et fort, aux arêtes fermement dessinées, la moustache est Louis XIII, mais les pointes n'en sont pas cirées et ne se retroussent pas. Tristan qui, d'après Boileau, « passait l'été sans linge et l'hiver sans manteau », rédigea sa propre épitaphe, que Sarasin, sans trop de variantes, aurait pu signer :

Ébloui de l'éclat de la splendeur mondaine,
Je me flattai toujours d'une espérance vaine ;
Faisant le chien couchant auprès d'un grand seigneur,
Je me vis toujours pauvre, et tâchai de paraître.
Je vécus dans la peine attendant le bonheur,
Et mourus sur un coffre en attendant mon maître.

« Prosopopée d'un courtisan »,
Les Vers héroïques.

Armand de Bourbon-Condé, prince de Conti, épouse le 22 février 1654 Anne-Marie Martinozzi, nièce du cardinal Mazarin, et reçoit la charge de grand maître de la maison du roi en Catalogne. L'accompagnant là-bas, Sarasin est l'acteur d'une affaire qui déplaît au prince. Regarde-t-il d'un peu trop près la nouvelle épousée, déjà soustraite à grand-peine aux appétits de Louis XIV ? Vole-t-il quelque pièce d'argenterie, car il aime dérober, plus par jeu que par cupidité ? Il est disgracié et survit peu de temps à ce chagrin. On a murmuré qu'il était mort d'un coup de pincettes porté à la tempe par l'impatient Conti. On a dit aussi qu'un mari jaloux l'avait empoisonné. En tout cas, sa vie s'acheva subitement dans la ville de Pézenas en décembre 1654 (le 2, Retz a reçu le chapeau de cardinal), après une agonie que Loret décrit ainsi dans *La Muse historique* datée du 5 décembre :

Sarasin, cet aimable esprit
Dont l'on voit maint sublime écrit,
Est à Pézenas si malade
Qu'il n'use plus que de panade.
D'une fièvre les chauds accès
L'abattent avec tant d'excès
Qu'on croit que sa fin est venue,
Si son ardeur ne diminue.

Il fut enterré discrètement. Quatre ans plus tard, le fidèle Pellisson alla se recueillir sur sa tombe et rédigea ce quatrain.

Pour écrire en styles divers,
Ce rare esprit surpassa tous les autres,
Je n'en dis pas plus : car ses vers
Lui font plus d'honneur que les nôtres.

C'est Gilles Ménage qui réunit les *Œuvres* de Sarasin, en 1656. On y trouve des odes, des églogues, des élégies, des stances, des sonnets, des épigrammes, des vaudevilles, des chansons, des madrigaux, des lettres et un poème en quatre chants intitulé *La Défaite des bouts-rimés*. Invention d'un sieur Dulot, le bout-rimé avait fait fureur dans les années 40-50. Avec des rimes préparées à l'avance, extrémités de vers fantômes, il fallait, souvent au vol, composer quelque chose. Alexandre Dumas raffola de l'exercice, au point d'organiser un concours et de publier en un gros volume les chefs-d'œuvre du genre.

Sarasin médita aussi un *Traité du Nom et du Jeu des Échecs* qui le place auprès des grands écrivains stratèges des soixante-quatre cases. Citons seulement, parmi ceux-ci, deux esprits singuliers qui, sans doute, lui auraient plu : Raymond Roussel et Vladimir Nabokov.

MÉNAGERIE

Les deux Gilles.

Gilles Ménage avait un visage admirablement construit, des yeux bleus débordant des orbites et très écartés de l'arête du nez, peu de cheveux, un crâne rond qu'il laissait sans perruque, le couvrant d'ordinaire d'un petit bonnet de ratine, des mâchoires fortes, une bouche sanguine et peu prompte à sourire, une voix grave, chaude, avec de la raucité quand il avait beaucoup parlé et un débit souvent féroce. Molière fit de lui, assez injustement, le Vadius des *Femmes savantes*.

Ménage, dans sa jeunesse, avait étudié le droit, s'était inscrit au barreau mais s'en était vite dégoûté. Cette expérience lui servira pourtant quand il écrira sa *Requeste des dictionnaires*, entêté comme La Bruyère à défendre les vieux mots (il félicitera Conrart d'avoir sauvé « car », mais cela ne suffira pas à le faire entrer à l'Académie). Il embrassa la carrière ecclésiastique, davantage sans doute pour les loisirs qu'elle procure que par dévotion. Après un séjour chez Retz – j'ai déjà dit que Sarasin l'y succéda – il alla demeurer dans le cloître de Notre-Dame. Il ouvrit chez lui une assemblée de gens de lettres qui se tenait le mercredi et qu'il appelait sa mercuriale. Les derniers tenants de ce musée qui eut lieu pendant quarante ans sont Antoine Galland, le traducteur des *Mille et Une Nuits*, le joli Du Bos, abbé de vingt-deux ans, futur réconciliateur des Anciens et des Modernes, auteur de *Réflexions critiques sur la poésie et la peinture* qui contribuèrent à fixer l'idéal classique, Pinsson, avocat, Boivin, De Launay, De Valois, qui donnèrent à leurs frais le premier *Menagiana.* Mais, plus que les amis de Ménage dont, à l'exception de deux ou trois (Sarasin, Pellisson), les noms ne sont aujourd'hui que l'écho d'un vain bruit qu'on cherche sur sa langue, ce sont ses ennemis qui entretiennent sa mémoire, et surtout presque son double, l'enragé Gilles Boileau.

Christine, la boiteuse et noiraude reine de Suède, fut à l'origine de la détestation de l'aîné des Boileau pour Ménage. Celui-ci la rencontra lors de son voyage en France et lui tressa des vers. Quant à la souveraine, si elle raillait derrière son dos l'étalage obscène qu'il faisait de sa science, exhibitionniste congestionné de citations, elle admirait son entêtement, sa constance, et finalement sa modestie, puisqu'il n'était jamais satisfait. À propos de son *Dictionnaire étymologique ou Origines de la langue française*, elle murmura ceci : « Non seulement Ménage veut savoir d'où vient un mot, mais où il va. »

Gilles Boileau, jaloux de la faveur dont jouissait Ménage, écrivit contre lui un *Avis à M. Ménage sur son élégie intitulée Christine*. C'était un vrai sac de fiel, crevé avec une fougue qui sentait encore l'adolescence. 1656 : Gilles Boileau avait vingt-cinq ans. Cette satire fonda brusquement la réputation du frère de Despréaux.

L'année suivante, il publia *La Vie et la Traduction d'Épictète*, le philosophe phrygien, originaire de Hiérapolis, ville célèbre pour ses rites orgiastiques, le contemporain de Domitien qui le chassa de Rome et d'Hadrien qui l'admira (ses *Entretiens* ont quelques rapports parallèles avec le christianisme) puis, dans la foulée, une *Vie de Diogène Laërce*, l'historien des philosophes, dont Ménage éditera les *Œuvres* à Amsterdam en 1692.

Gilles Boileau avait cru, dans l'enthousiasme de la jeunesse, que les dieux l'avaient élu. Il traduisit le quatrième livre de l'*Énéide* en des vers sonores et barbares où sont piétinées avec allégresse les plates-bandes de Malherbe, et s'obstina à rimer des poèmes galants qui sont des babillages :

Je ne puis plus souffrir qu'Iris soit infidèle
Et, puisque mes respects ne peuvent rien sur elle,
Bannissons de mon cœur ce qu'il aime le mieux.
Mais que puis-je opposer à l'effort de ses armes ?
Elle a toujours les mêmes charmes
Et j'ai toujours les mêmes yeux.

Cette Iris n'était pour lui, sans doute, que le froissement d'un foulard de soie dans un souvenir. Tout cela assommait sa nature portée à la noirceur de la seiche plus qu'aux palettes ambulantes du paon. C'était un jeune homme ambitieux, prêt à tout. Avocat, il ne plaida jamais. Mais il fut successivement payeur des rentes à l'Hôtel de Ville, contrôleur de l'argenterie royale et surtout intendant des menus plaisirs du roi. Plaisirs de bouche, plaisir de langues. Il fut le bon élève, placé au premier rang, qui cherche le regard du pouvoir et sait flatter. Il rédigea un *Sonnet à Monseigneur de Colbert* qui est, à cet égard, un modèle :

On a beau murmurer contre le ministère ;
Rien n'ébranle, Colbert, ton esprit ni ton cœur ;
Tu démasques le vice et dévoiles l'erreur,
Et de tous nos abus tu perces le mystère.

Bien que rien à l'État ne soit plus salutaire,
C'est peu d'être, pour toi, sans faiblesse et sans peur,
Et de porter partout l'amour ou la terreur ;
D'autres l'ont déjà fait, d'autres pourraient le faire.

Mais mépriser l'orgueil, haïr la vanité,
Garder la modestie et la simplicité,
Lorsqu'on voit en ses mains le repos de l'Empire,

Et le peuple et la cour dépendre de sa loi,
C'est là ce que Sénèque autrefois a pu dire
Et ce qu'aucun mortel n'a pu faire que toi.

Mais Boileau était tramé d'une ombre courroucée. Ce qu'exemplairement il versifiait sur le ministre, un autre lui-même le ricanait en parodies. Convaincu d'avoir injurié celui dont il avait si bien édifié la figure, Gilles, aussi lâche que le sera plus tard Jean-Baptiste Rousseau, en rejeta la responsabilité sur son débile cadet qui ne l'oubliera jamais. Nicolas en tira une épigramme :

De mon frère, il est vrai, les écrits sont vantés ;
Il a cent belles qualités ;
Mais il n'a point pour moi d'affection sincère.
En lui je trouve un excellent auteur
Un poète agréable, un très bon orateur ;
Mais je n'y trouve point de frère.

« Sur un frère aîné que j'avais,
et avec qui j'étais brouillé. »

Ménage intrigua contre Gilles Boileau pour lui fermer les portes de l'Académie, lui qui, du reste, n'y fut jamais admis. Malgré tout, le capricieux critique fut reçu quai Conti.

J'éprouve, je l'avoue, pour l'aîné irascible, une tendresse assez franche. Gilles Boileau s'est toute sa vie inventé des ennemis afin de mieux les pourfendre. Certes, il y avait du vrai dans ces inimitiés, des aigreurs résonnaient dans le creux du siècle. S'épuisant en vains préliminaires sur sa *Pucelle*, Chapelain bornait l'horizon. Selon son bon plaisir, il faisait tomber les espèces sonnantes ou trébucher les réputations. Comment reprocher à Gilles, ainsi que le fera Nicolas, d'avoir loué, peut-être bassement, platement, le poème en fer-blanc de l'arbitre tatillon des talents ? Poète à deux tranchants, Gilles Boileau n'arrivera jamais à vieillir dans une époque où la ride jure avec la rime, où, sous un ciel dont nous pouvons imaginer les nuances en écoutant le clavecin de Louis Couperin, la nouveauté est une chasse royale, une cérémonie où tout doit se faire blason d'extase aux yeux du néophyte. Il s'agit d'étonner, de ne rien dire comme tout le monde et, d'ailleurs, qui est « tout le monde » alors, dans les années 1666-68 ? Alceste ? George Dandin ? L'univers est un quadrillage de ruelles, un dédale d'alcôves. La rue s'enfle des alphabets hurlés du labeur, ruisselle d'enseignes scandées. Un poulet peut être une arme si la poste s'en charge. Boileau ne s'en privera pas. Costar, Scarron surtout, en 1659, l'année de la publication par Somaize du *Dictionnaire des précieuses*, essuieront cette rage de détruire qui saisit le capricieux poète exilé de la grâce et auquel il ne restera bientôt, veilleur épuisé, que les obscurs chemins de ronde de sa chambre.

Gilles Ménage, Gilles Boileau, ces deux ennemis-là, curieusement, furieusement, se ressemblent. Et d'abord par leur amour des livres et de la langue. Ils ont vécu leurs vies dans un bruissement perpétuel de pages remuées sur le lutrin des jours, liturgies blanches. Ils furent dévots d'un même Dieu, acharnés à scruter l'histoire du monde dans celle d'un mot. Est-il possible de se regarder en face dans un autre sans en mourir ? Gilles Boileau céda le premier. Il mourut le 10 mars 1669 à trente-sept ans et demi, laissant inachevée une traduction de *La Poétique* d'Aristote. L'année suivante, Nicolas publia ses *Œuvres*. Plus que les picorements supposés d'un dindon castrateur, je pense que c'est l'exemple forcené de cet aîné trop doué mais brouillon, sans méthode et sans foi, prisonnier volontaire de ses humeurs, incertain et tyran de lui-même, qui a poussé le cadet dans la voie du juste milieu, une mesure sans cesse à conquérir, hérissée de défenses, ruse et patience avec les mots. C'est parce que l'aîné honni et adoré les a jetés, ces mots, sans génie mais non sans flamme, dans l'air du temps, les a voués au grand Rien, que le cadet s'est obstiné, jusqu'à devenir, lui Despréaux, le seul Boileau pour l'éternité, avec un remords dont sa gloire est éclairée peut-être.

L'endormeur.

Gilles Ménage aima deux fois. Il aima Mme de La Fayette, il désira violemment sa jeune élève, la future Mme de Sévigné, « le plus bel objet qui soit jamais sorti de mes mains », souriait-il inconsolable. Il célébra la première sous le nom de Laverna. Ce qui permit à un faiseur d'épigrammes latines d'épingler celui qu'on appelait « le Fripier des vers ». Car Laverna est la déesse des voleurs. On traduisit :

Est-ce Corinne, est-ce Lesbie,
Est-ce Philis, est-ce Cynthie
Dont le nom est par toi chanté ?
Tu ne la nommes pas, écrivain plagiaire :
Sur le Parnasse, vrai corsaire,
Laverne est ta divinité !

À propos des vols de Ménage aux Anciens et aux Modernes, le poète Linière assura qu'il faudrait le conduire au pied du Parnasse et le marquer à l'épaule. François Payot de Linière est moins renommé pour ses vers que pour ses blasphèmes. On l'appelait « l'Athée de Senlis ». Comme Sarasin, comme La Fontaine, il aimait le vin, le jeu, les femmes. Un jour qu'il était à Chantilly près du grand Condé, il improvisa ce quatrain : « Lorsque le dieu Mars en personne / Se présente dans les combats, / Si Condé ne s'y trouve pas, / La fête n'est pas bonne. » Ce plat rimeur mettait plus de flamme dans ses satires. Cahin-caha, il vécut jusqu'à soixante-seize ans, attendant l'enfer entre deux bastonnades, pansé de loin par les indulgences de la pieuse Mme Deshoulières.

Ménage mourut le 23 juillet 1692 (il était né à Angers le 15 août 1613) d'une fluxion de poitrine. Le père Ayrault, jésuite, l'exhorta dans ses derniers moments avec tant d'onction que le mourant ne put s'empêcher de dire : « Je vois bien que si l'on a besoin d'une sage-femme pour entrer dans ce monde, on n'a pas besoin d'un homme sage pour en sortir. » Ce qui annonce le marquis de Bièvre...

Même après sa mort, ses ennemis le poursuivirent. L'éditeur de Pierre de Saint-Louis, Bernard de La Monnoye, écrivit à ce sujet :

Laissons en paix monsieur Ménage
C'était un trop bon personnage,
Pour n'être pas de ses amis.
Souffrez qu'à son tour il repose ;
Lui dont les vers et dont la prose
Nous ont si souvent endormis.

L'UNIVERSEL RIMEUR

L'amour de Madeleine.

Pierre de Saint-Louis naît en 1626, sous le règne de Louis XIII le Juste, à Valréas, dans le diocèse de Vaison. Son nom de famille est Ludovic Barthélemy.

Il grandit peu. Sa tête est lourde, énorme en proportion de son corps. Il la tient perpétuellement penchée dans une attitude de mélancolie pensive. Son appendice nasal adopte une forme si évocatrice que plus d'une dame se trouble à sa vue. Ajoutons que Ludovic est affligé, devant comme derrière, d'une bosse de polichinelle.

Enfant précoce, ivre d'études, il apprend seul ou presque, non seulement à lire et à écrire, mais le grec, le latin et surtout l'art de l'énigme. Il ira délirer dans les salons confits en bel-esprit, à l'ombre du Ventoux, des milliers de charades.

L'adolescence est visible dans l'éclat de ses yeux et dans l'acharnement de son pas. Il marche sans cesse à travers cette campagne où, selon Godeau, « les guérets fendus sollicitent en vain, / Pour éteindre leur soif, un ciel toujours d'airain... », au bord des rivières, dans les bois quand le soir tombe. Il cherche à saisir un appel qui se dérobe, à étreindre la chair d'une voix qui le hante. Des formes claires tourbillonnent devant ses yeux vite désabusés. Ces nymphes, ces oréades, ces menues chasseresses dont il suit devant lui la fuite légère, peut-être ne font-elles que décliner en échos rieurs la même image de jeune fille ?

À dix-huit ans, un jour d'été, il la rencontre. Madeleine est blanche, vertueuse. Il prend à la voir un plaisir qui l'obsède et le déconcerte. Il en a la langue embarrassée, bégaie au seuil d'un désert immense de désir. Il marche de plus belle, jusqu'à s'écorcher les talons aux pierres du chemin dont son ombre est la croix.

Au retour d'une entrevue exténuante de frustration heureuse, il écrit. Ce sont des entraînements de longue haleine, des entêtements de souffle. Il rythme le poème entrevu des seins de Madeleine qui se découvrent et se dérobent à contretemps, de ses roseurs quand elle le gourmande gentiment, de ses cheveux blonds épais comme les cordes d'une guitare.

Pour lui, déjà, tout rime avec tout, le ramage des arbres avec celui des oiseaux, les nappes du soleil avec les marées de la lune. Les pinsons et les rossignols sont des « luths animés, des orgues vivants, des sirènes volantes ». Haltes fraîches à l'ombre du cœur de Madeleine : Ludovic est amoureux. Il se rassérène, ralentit ses périples, songe à s'établir, à s'unir flanc contre flanc, chaque nuit, avec elle. Il ne désire nulle autre auberge, nulle autre chapelle, que ce corps de lait bleu, de blé houleux, dont l'approche excessive et défendue le maintient dans une parodie d'étreinte.

On dirait, parfois, qu'il danse une loure d'ours miniature, serrant contre lui ce bouquet d'absence qui surpasse en suavité l'odeur même de l'herbe fauchée.

Cela dura cinq ans. Et voici que la jeune fille, au moment où il va enfin la saisir comme un bonbon promis, mais dans la merveilleuse bienséance du mariage, est frappée par la petite vérole. En peu de jours, elle meurt. Le choc est d'une rudesse extrême. Jamais Ludovic n'erra autant que durant les semaines qui succédèrent à la fin de Madeleine. Ses parents, ses amis, qui connaissent pourtant la bizarrerie de son caractère, s'effraient de le voir si doux et si patient. Ils y lisent les symptômes d'une mélancolie nouvelle. Puis, insensiblement, la fièvre de la dévotion le prend. Il entend la voix de celle qu'il aime toujours bien qu'elle soit morte, et c'est la voix de la pécheresse repentie, de sainte Madeleine, dont elle lui a offert un scapulaire quelques heures avant de disparaître.

Sa première inspiration, qui était de se faire dominicain, vacille devant celle d'entrer au carmel. En effet, il s'est aperçu qu'à partir de Ludovicus Barthélemy on pouvait composer *Carmele se devovet* (il est du carmel). Il voyait le monde comme un immense jeu de mots. Il croyait que le nom d'un homme augure de son destin. Il fut le plus grand faiseur d'anagrammes de son temps, anagrammatisa tous les pays, tous les papes, empereurs et rois de France, sans omettre tous les généraux de son ordre. Il était friand d'acrostiches et de logogriphes. Dans cet « art puéril », selon Pierre Bayle, de transposer les lettres d'un mot pour en obtenir un autre, il eut deux prédécesseurs et rivaux : d'abord Jean Adam, un jésuite limousin, mort supérieur de la maison professe de Bordeaux en 1684, connu pour avoir infatigablement brocardé les jansénistes. Il appelait saint Augustin « l'Africain échauffé » et « le docteur bouillant ». En revanche, il avait pour Mazarin et la reine une telle dévotion qu'il comparait le cardinal à Jean-Baptiste et Anne d'Autriche à la Vierge. Drôle de ménage ! Après avoir écouté l'un de ses sermons, un seigneur de la Cour confia à la reine sa conviction que le père Adam n'était pas le premier homme du monde. Entre autres, on lui doit une traduction de l'Office de l'Église qu'il opposa aux Heures de Port-Royal, une *Vie de saint François Borgia* qui abonde en miracles et un poème dédié à sainte Cécile qui n'est rien moins que musical.

Plus fameux que le père Adam est Pierre de Montmaur. Jésuite défroqué, tour à tour charlatan, vendeur de drogues en Avignon, avocat et poète à Paris, puis professeur de langue grecque au Collège royal où il succède à Jean Goulu, le bien nommé, qui fut général des Feuillants. En 1636, Gilles Ménage publie une *Vita M. Gargilii Mamurrae Parasito-Pœdagogi* sous le pseudonyme de Marcus Licinius. Il fait aussi contre lui une satire octosyllabique intitulée *Requête de Petrus Montmaur à Nosseigneurs* (du Parlement). Quand elle apprend que Ménage l'a transformée en perroquet, la victime se contente de dire : « Bon, je ne manquerai ni de vin pour me réjouir ni de bec pour me défendre. » C'est le commencement d'une longue guerre de tranchées entre le pique-assiette et la plupart des écrivains de son temps, parmi lesquels Jean-Louis Guez de Balzac, La Mothe Le Vayer, et Sarasin qui écrivit, outre *Le Testament de Goulu*, un *Bellum parasiticum*, sorte de satire ménippée en prose latine cousue de citations en vers détournées de leur sens primitif.

En 1715, à vingt et un ans, Albert-Henri de Sallengre, futur conseiller du prince d'Orange, réunit dans les deux volumes de son *Histoire de Montmaur* la majeure partie des écrits hostiles au parasite. On y trouve les soixante-treize épigrammes de Charles-Vion d'Alibray, poète biberon, dont celle-ci :

> Révérend Père Confesseur,
> J'ai fait des vers de médisance.
> Contre qui ? – Contre un Professeur.
> – La personne est de conséquence ;
> Contre qui donc ? – Contre GOMOR.
> – Hé bien, bien ! achevez votre confiteor.

Tour à tour chercheur de lippée, sycophante ou malebête, Montmaur est représenté logé au plus haut étage du collège de Boncourt afin de mieux jouir des fumées des cuisines. Il est montré prêchant dans une marmite. On lui donne pour devise un âne mangeant des chardons avec ces mots : « Qu'importe qu'ils piquent pourvu qu'il les mange ! »

Montmaur était aussi littéralement affamé d'allusions malignes qu'on appela « montmaurismes ». Il les tirait du grec et du latin pour défigurer les noms propres des auteurs qui l'attaquaient.

La Magdeleine au désert de la Sainte-Baume.

Ludovic Barthélemy se fit appeler en religion Pierre de Saint-Louis et c'est de ce nom qu'il signa ses deux grands poèmes, *La Magdeleine* dont nous allons parler, et *L'Éliade* qui ne fut jamais publié.

La Magdeleine au désert de la Sainte-Baume, poème spirituel et chrétien, paraît à Lyon en 1668. C'est l'année où voit le jour le premier recueil des *Fables* de La Fontaine. Il y a quatre ans qu'a débuté le chantier de Versailles, trois ans qu'est mort Poussin à Rome, deux ans que Mansart a disparu, un an que Racine a présenté *Andromaque*, Milton publié le *Paradis perdu* et Claude Perrault construit la colonnade du Louvre.

Il est peu probable que Saint-Louis ait eu vent de ces événements. Lui qui marche les yeux baissés de peur d'être troublé par la beauté des femmes vient de passer une décennie à rédiger les douze livres de son poème épique, portrait de sainte Marie-Madeleine qu'il dépose en guise d'ex-voto dans un sanctuaire provençal. Mais cette *Magdeleine au désert*, c'est une présence trop forte, trop ouvertement tentatrice, qui peu à peu se dépouille, se purifie, devenant air et soleil, fraîcheur lunaire, paysage sacré, solitude et prière, telle enfin que Pierre de Saint-Louis a rêvé sa propre Madeleine, celle qui n'eut pas le temps de se repentir.

Madeleine est, au XVIIe siècle, un personnage obsédant. Elle réunit trois femmes en une seule : la prostituée qui lave les pieds du Christ en répandant sur eux ses larmes, en les essuyant de ses cheveux, en les baisant de ses lèvres, en les inondant de son parfum. Ensuite celle que Jésus a délivrée de sept démons et qui l'accompagnera désormais derrière les douze apôtres « de villes en villages, avec Jeanne, femme de Chouza, intendant d'Hérode, Suzanne et beaucoup d'autres ». Enfin, la sœur de Marthe et de Lazare le ressuscité, Marie de Béthanie qui, elle aussi, comme le raconte Jean l'Évangéliste « ayant apporté une livre de nard authentique, un parfum de grand prix, en imprégna les pieds de Jésus et les essuya de sa chevelure » lors de la dernière fête de Pâques.

À propos des parfums de Madeleine, un sermonneur enragé sur lequel coururent beaucoup d'anecdotes, le père Boulanger ou Boulenger, augustin réformé (1582-1657) qu'on appelait familièrement petit-père André, s'écria un jour en chaire, rapporte Tallemant : « Elle avait de l'eau d'ange ! de l'eau d'ange ! C'était de l'eau d'ange noir, de l'eau de Diable, de l'eau de Satan. »

L'apostrophe, sainte et redoutable, le frémissant débit de la parole, la fureur de proclamer l'inaccessible présence, ses représentations lointaines et pourtant vivaces dans les replis ombreux de l'imaginaire, la joie de souffrir, l'exhibition solennelle des blessures du pur souci, cette hantise presque charnelle du salut, voilà ce qui fonde le sermon en tant que genre littéraire, noble à l'égal de la tragédie, loin des vulgarités bavardes du roman.

La posture du discoureur coïncide avec l'écho de son verbe. On parle sous des voûtes, devant des corps qui représentent et soulignent leur vanité – buée des buées. L'orateur domine, dans son donjon de bois doré, la foule de ces puissants si lents à soumettre et qu'il sait attentifs au moindre faux pas de ses images choisies, de ses dérives précieuses, de ses périodes nombreuses, des ornements qui s'enroulent comme des guirlandes autour du fil d'airain de sa démonstration. Car l'auditeur – et jusqu'au roi lui-même – comme de chez le médecin veut sortir du sermon avec l'idée qu'il y est entré corrompu, c'est-à-dire ici pécheur, plus pécheur encore parce que Grand, et que le prêtre en chaire, par la seule imposition de sa voix, l'a guéri de ses appétits, l'a d'un juste courroux humilié à l'image du Sauveur, le rendant plus apte à servir en l'épuisant de reproches, en l'assurant sévèrement de l'amour de Dieu, afin que l'exercice quotidien des plus hautes charges soit un sacerdoce, une passion, un anéantissement dans le corps unique et sacré de la communauté des fidèles.

Un magnifique sermon anonyme, que l'on attribua à Bossuet, *L'Amour de Madeleine*, publié pour la première fois par l'abbé Joseph Bonnet en 1909 et traduit en allemand par Rainer Maria Rilke en 1912, est l'une des preuves les plus passionnées de la place qu'occupe la sainte dans l'imaginaire chrétien du temps.

Il semblerait qu'il soit plutôt l'œuvre du cardinal Pierre de Bérulle, qui introduisit en France l'ordre des carmélites et fonda la congrégation de l'Oratoire. Né en 1575, il mourut le 2 octobre 1629 à cinquante-cinq ans en disant sa messe. Le cardinal Du Perron affirmait : « Si vous voulez convaincre des hérétiques, envoyez-les-moi ; si vous voulez les convertir, adressez-les à François de Sales mais si vous désirez les convertir et les convaincre tout à la fois, c'est à M. de Bérulle qu'on doit les envoyer. » En 1627, fait troublant, l'année même où Louis XIII lui signifiait sa disgrâce, Bérulle écrivit une *Élévation à Jésus-Christ sur sainte Madeleine.*

Le Sermon de l'amour de Madeleine commence ainsi :

> Madeleine, la sainte amante de Jésus, l'a aimé en ses trois états. Elle l'a aimé vivant, elle l'a aimé mort, elle l'a aimé ressuscité. Elle a signalé la tendresse de son amour envers Jésus-Christ présent et vivant ; la constance de son amour envers Jésus-Christ mort et enseveli ; les impatiences et les transports, les fureurs, les défaillances et les excès de son amour délaissé envers Jésus-Christ ressuscité et monté aux cieux.
>
> Quand je regarde Madeleine aux pieds de Jésus, il me semble que je vois l'amour égaré qui déplore ses égarements et recherche la droite voie aux pieds de Celui qui est la Voie même. Est-ce l'amour qui la presse ? Ses baisers ardents le témoignent ; la parole de Jésus-Christ le confirme. Mais quel amour est l'amour de Madeleine ? L'amour peut tout ; l'amour ose tout ; l'amour n'est pas seulement libre et familier, mais encore hardi et entreprenant ; et je vois Madeleine qui se tient derrière, qui n'ose lever les yeux ni regarder ce visage, qui se croit trop heureuse d'approcher ses pieds ; qui soupire et ne parle pas ; qui pleure et n'ose attendre de consolation ; qui donne tout ce qu'elle a et tout ce qu'elle est, et n'ose pas même demander sa grâce. Si c'est l'amour qui vous pousse, Madeleine, que craignez-vous ? Osez tout, entreprenez tout. L'amour ne sait point se borner, ses désirs sont sa règle, ses transports sont sa loi, ses excès sont sa mesure. Il ne

craint rien que de craindre ; et son titre pour posséder, c'est la hardiesse de prétendre à tout et la liberté de tout entreprendre.

Je lis dans cette admirable prose la justification de l'entreprise de Pierre de Saint-Louis. Tous les ridicules, les emphases, les puérilités, les lourdes grâces, les embarras verbeux, mais aussi les couleurs d'orage, les stridences imprévues, les grincements de dents quand la langue est trop enflée, brûle de se tirer aux étoiles de l'encrier, tout cela, et les embrasements grammaticaux, les raideurs ithyphalliques qui tendent cette longue cohorte d'alexandrins besogneux, sont le fruit de l'amour, le fruit, monstrueux peut-être mais infiniment touchant, de cette crainte de craindre, de l'obéissance à la règle du désir, à la loi de l'emportement, à la mesure de l'excès.

Il n'existe pas d'imitation littéraire chez Pierre de Saint-Louis. A-t-il su qu'Antoine Godeau avait consacré l'un de ses *Tableaux de la Pénitence*, comme le montre une gravure de Chauveau, pour l'édition de 1654, à « sainte Magdeleine dans son rocher, vulgairement appelé la Sainte-Baume » ? C'est peu probable. Il y eût appris des convenances parisiennes dont son œuvre est exempte. En effet, le poète, d'une manière qui peut sembler outrée, ridicule souvent, comme s'il se faisait le courtisan des airs, le chevalier servant des ondes, ailleurs presque poignante, s'entête à n'imiter que la nature, à n'obéir qu'à ce que son cœur lui dicte, à n'entendre que ses voix intérieures, même mal accordées, même sonnant le creux. Clamant une mélodie sombre – elle lui emporte la bouche – il trace dans l'espace de son livre l'itinéraire du sacrifice, déroule « d'immenses cataractes qui balancent des arcs-en-ciel », édifie à la diable le temple du rachat.

C'est une poésie sans règles, sans orthographe, inlassablement rythmée comme en un rêve pieux, martèlement d'un spectre, scansion hallucinée d'un Orphée contrefait qui, de rime en rime, tisse un corps vivant, un parfum de femme, l'odeur enfin libre de la mémoire et de l'amour.

Dans son ouvrage : *Des Tropes ou des différents sens dans lesquels on peut prendre un même mot dans une même langue*, Du Marsais se penche longuement sur la *Magdeleine* de Pierre de Saint-Louis. César Chesneau Du Marsais, né à Marseille en 1676 et mort à Paris le 11 juin 1756, était ce philosophe pauvre, associé à *L'Encyclopédie*, dont Fontenelle disait : « C'est le nigaud le plus spirituel, et l'homme d'esprit le plus nigaud que je connaisse. »

Son *Traité* fut un retentissant échec. On l'ignora presque. Un jour, quelqu'un, voulant le féliciter d'avoir écrit un livre aussi merveilleux, lui affirma qu'il avait entendu dire beaucoup de bien de son histoire des Tropes, prenant cette figure de rhétorique pour un nom de peuplade.

Dans le chapitre XIII consacré à l'allusion, Du Marsais écrit :

> Ce *Poème de la Madeleine* est rempli de jeux de mots et d'allusions si recherchées que, malgré le respect dû au sujet, et de la bonne intention de l'auteur, il est difficile

qu'en lisant cet ouvrage, on ne soit point affecté comme on l'est à la lecture d'un ouvrage burlesque. Les figures doivent venir, pour ainsi dire, d'elles-mêmes ; elles doivent naître du sujet, et se présenter naturellement à l'esprit, comme nous l'avons remarqué ailleurs : quand c'est l'esprit qui va les chercher, elles déplaisent, elles étonnent et souvent font rire par l'union bizarre de deux idées, dont l'une ne devait jamais être associée avec l'autre. Qui croirait par exemple, que jamais le jeu de piquet dût entrer dans un poème fait pour décrire la pénitence et la charité de sainte Madeleine ; et que ce jeu dût faire naître la pensée de se donner la discipline !

Poème de la Madeleine I, 3, p. 42 :
Piquez-vous seulement de jouer au piquet,
À celui que j'entends qui se fait sans caquet ;
J'entends que vous preniez parfois la discipline,
Et qu'avec ce beau jeu vous fassiez bonne mine.

On ne s'attend pas non plus à trouver les termes de Grammaire détaillés dans un ouvrage qui porte pour titre le nom de sainte Madeleine ; ni que l'auteur imagine je ne sais quel rapport entre la Grammaire et les exercices de cette sainte : cependant une tête de mort et une discipline sont les rudiments de cette Madeleine.

Ibid. I, 2, p. 18, 19 :
Et regardant toujours ce têt de trépassé,
Elle voit le FUTUR dans ce PRÉSENT PASSÉ.
[…]
Et c'est sa discipline, et tous ses châtiments,
Qui lui font commencer ces rudes RUDIMENTS.
Ce qui la fait trembler pour son GRAMMAIRIEN,

C'est de voir, par un CAS du tout déraisonnable,
Que son amour lui rend la mort INDÉCLINABLE,
Et qu'ACTIF comme il est aussi bien qu'excessif
Il le rend à ce point d'impassible PASSIF.
Ô que l'amour est grand, et la douleur amère,
Quand un VERBE PASSIF fait toute sa GRAMMAIRE !
La MUSE pour cela me dit, non sans raison,
Que toujours la PREMIÈRE est sa CONJUGAISON.
[...]
Sachant bien qu'en aimant elle peut tout prétendre,
Comme tout ENSEIGNER, tout LIRE, et tout ENTENDRE,
Pendant qu'elle s'occupe à punir le forfait
De son TEMPS PRÉTÉRIT qui ne fut qu'IMPARFAIT,
Temps de qui le FUTUR réparera les pertes
Par tant d'afflictions et de peines souffertes :
Et le PRÉSENT est tel, que c'est l'INDICATIF,
D'un amour qui s'en va jusqu'à l'INFINITIF.
Puis par un OPTATIF, ah ! plût à Dieu, dit-elle,
Que je n'eusse jamais été si criminelle !
[...]
Prenant avec plaisir, dans l'ardeur qui la brûle
Le FOUET pour discipline, et la croix pour FÉRULE.

Vous voyez qu'il n'oublie rien. Cet ouvrage est rempli d'un nombre infini d'allusions aussi recherchées, pour ne pas dire aussi puériles. Le défaut de jugement qui empêche de sentir ce qui est ou ce qui n'est pas à propos, et le désir mal entendu de montrer de l'esprit et de faire parade de ce qu'on sait, enfantent ces productions ridicules.

Lors de sa parution, le grand poème du père Pierre de Saint-Louis, qu'il avait tant peiné pour écrire et qu'il n'avait terminé qu'après avoir vu en songe sa promise défunte, n'eut pas le moindre succès. C'est grâce à La Monnoye qu'il obtint vingt-cinq ans après une sorte de retentissement, dû à la singularité de l'auteur plus qu'à la maîtrise de l'œuvre. Mais Saint-Louis n'en sut jamais rien sur cette terre. La vengeance d'un moine à propos de qui le père avait troussé une anagramme infamante l'avait expédié au cœur nuageux des Alpes, dans un couvent obscur, à Pineti. Là, persécuté par ses frères, raillé pour sa manie des énigmes et pour les bouffées de vers qu'il lançait à la face du ciel, espèce de Triboulet mystique, il mourut. C'était en 1684, dans le giron rude du père Gresleau, l'un des seuls amis que lui ait jamais donnés la Providence.

ALLEGRO FURIOSO

C'EST APOLLON LUI-MÊME...

Le fils du cordonnier.

6 avril 1671 : dans l'échoppe d'un cordonnier parisien a vu le jour celui qui deviendra le digne héritier de Malherbe et de Théophile à la fois, Jean-Baptiste Rousseau. L'année précédente, le 29 juin 1670, à trois heures du matin, Henriette d'Angleterre – Madame – est morte. En 1672, la guerre de Hollande, latente jusque-là, va éclater. Ce sera une guerre civile, plus qu'une guerre entre deux puissances, tant le pays de Rembrandt et celui de Descartes sont liés. Comme le dit Michelet, « la Hollande est France ». Mais Louis XIV la hait, Colbert en est jaloux.

Quand je pense au destin de ce Rousseau-là, que l'on appellera longtemps « le grand Rousseau », je ne peux m'empêcher d'évoquer celui d'un Barry Lyndon. Existence d'origine modeste, agitée de calculs ténébreux, d'amours poudrées, de protections orageuses, d'exils, de cabales, de jalousies, de courses perpétuelles vers un triomphe souvent atteint, parfois consommé avec frénésie, mais à la fin dérobé, entaché d'un écho douteux.

L'affaire des couplets.

Un tableau de Jacques Aved que l'on peut voir au musée de Versailles nous montre un homme gras, presque poupin, à la main mollement fermée contre une bajoue d'évêque. Car il y a du prélat dans ce bougre au linge ouvert, d'un blanc médiocre, qui laisse entrevoir un cou de Vitellius.

Le caractère de Rousseau était violent, emporté. Insoucieux des accidents de la vie, jetant sur tout l'éclat débraillé d'une nature sanguine, plein d'une verve amère, il joua sans répit à colin-maillard avec la gloire et l'argent, l'amour et la honte.

> Ce monde-ci n'est qu'une œuvre comique,
> Où chacun fait des rôles différents.
> Là, sur la scène, en habit dramatique,
> Brillent Prélats, Ministres, Conquérants.
> Par nous, vil peuple assis aux derniers rangs,
> Troupe futile et des grands rebutée,
> Par nous, d'en bas, la pièce est écoutée,
> Mais nous payons, utiles spectateurs ;
> Et si la farce est mal représentée,
> Pour notre argent nous sifflons les acteurs.
>
> « Épigramme. »

Jean-Baptiste siffla beaucoup. En 1707, des copies de curieux couplets commencèrent à circuler au café de la Laurent – cet établissement était situé rue Dauphine, non loin du Procope, et une veuve, affligée d'un perpétuel mal aux dents et d'une intermittente chaude-pisse, veillait avec rudesse sur sa clientèle artiste. C'étaient des stances de neuf vers qui mettaient en scène d'une manière outrageuse des célébrités de l'époque. Ici, on en livrait l'identité et là, seulement la clé. Par exemple, sans être nommé, le jeune Jean-Marc Nattier, dont les dessins de la Galerie du Luxembourg venaient de faire l'admiration de Louis XIV, était croqué dans des vers sans équivoque :

Le peintre fout sa chambrière
Et quelquefois pour un écu
Il se fait foutre par-derrière.

En revanche, Rousseau s'en prenait ouvertement à son cadet d'un an, paralytique et presque aveugle, mais agité d'un bagout qui rivalisait en agréments avec celui de Fontenelle, Antoine Houdar de La Motte, et l'appelait « un moine vomi de la Trappe ». Il en décousait aussi avec Crébillon, tour à tour présenté comme un bardache et un maquereau.

Ce fut d'un ancien mousquetaire, capitaine aux gardes françaises, Jean-Élie Lériget de La Faye, que lui vint la punition. Rousseau avait raillé son « visage boutonné » par la petite vérole et, par-dessus le marché, traité le frère puîné du militaire, Jean-François, futur académicien, poète aimable – Voltaire dira de lui : « Il a réuni le mérite / Et d'Horace et de Pollion » – d'adroit escroc aux mains crochues. Rousseau ne put rien faire quand le capitaine, escorté de trois laquais, vint à sa rencontre.

Il se présenta à la police – un rapport daté du mercredi 28 février 1710 (treize jours plus tôt est né le futur Louis XV) relate l'incident – « le visage, la perruque, le chapeau bas, souliers et habits pleins de boue, une coupure au poignet de la main droite, une contusion et du sang à la joue droite, près de l'oreille, la manche de son justaucorps, du côté droit, déchirée et sans cravate ».

À l'un de ses meilleurs amis, le poète Duché, Rousseau avait écrit le 22 février 1707 une longue déclaration d'innocence : « ... mais apprenez la plus cruelle chose qui puisse arriver à un homme : on a fait des chansons sur un air de l'Opéra qui se joue aujourd'hui, et depuis trois semaines il en paraît tous les jours de nouveaux couplets, mais les plus atroces et les plus abominables du monde, à ce qu'on dit, contre tous ceux sans exception qui vont au café de Mad. Laurent. J'ai tort de dire, sans exception, car je suis excepté moi ; et cela, joint à ce qu'elles sont fort bien rimées la plupart, a fait soupçonner que j'en étais l'auteur ; de sorte qu'avec les sentiments que vous me connaissez, et l'intégrité dont je crois sans vanité que personne ne peut se louer à plus juste titre que moi, me voilà sans y penser mis au nombre des monstres qu'il faudrait étouffer à frais communs. [...] Pour moi, le parti que j'ai pris a été de faire une déclaration que j'étais prêt à signer que l'Auteur de ces libelles est le plus grand coquin du monde : je l'ai même mise en rimes, comme vous verrez par l'épigramme que je joins à cette lettre... » L'épigramme était la suivante :

Auteur caché, qui que tu sois,
Brigand des forêts du Parnasse,

Qui de mon style et de ma voix,
Couvres ton impudente audace,
Vil rimeur, Cynique effronté,
Que ne t'es-tu manifesté ?
Nous eussions tous deux fait nos rôles,
Toi d'aboyer qui ne dit mot,
Et moi de choisir un tricot
Qui fût digne de tes épaules.

Bientôt Rousseau posa un nom sur ce masque. L'accusation qu'il porta contre Saurin, géomètre familier de la Laurent et membre de l'Académie des sciences, d'être l'auteur des *Couplets*, précipita le discrédit du poète. Ses protections, celle, récente encore, du maréchal de Tallart qui lui avait fait rencontrer lors d'une ambassade à Londres l'ombrageux Saint-Évremond, et celle, attentive et chaleureuse, du directeur des finances, Rouillé du Coudray, ne parvinrent pas à sauver Jean-Baptiste du courroux royal. Il lui fallut quitter la France.

Pendant que le carrosse attend, que les chevaux encensent, que le vent se lève sur la plaine grise de l'exil, deux mots sur un autre Saurin, le fils du savant, Bernard-Joseph Saurin qui, au moment des faits, vient d'avoir ses quatre ans et mourra en 1781, le 17 novembre. Il publiera en 1760 une tragédie *Spartacus*. On peut y trouver des vers « frappés, comme disait Voltaire, à l'enclume de Corneille », mais l'ensemble ferraille ses chevilles dures et aigres avec une désolante constance. Il donnera aussi, entre autres, *Beverley*, tragédie bourgeoise sur le jeu et les maux qu'il entraîne, une comédie, *L'Anglomane*, en vers libres et en trois actes qu'il resserra en un seul (1773), et surtout hoquètera, fait troublant, des couplets bachiques d'un irrésistible entrain...

Il aimera fréquenter le grand monde, sera de l'Académie française. Le duc de Nivernais (Louis-Jules Mancini-Mazarini, petit-fils du neveu de Mazarin, le duc de Nevers) a dit de lui : « Ses vers étaient sans faste ; son commerce était sans épines. Une certaine pétulance dans la dispute donnait à sa société quelque chose de poignant, sans y rien mêler de fâcheux ; c'était de la véracité et non pas de l'orgueil. On dit que, dans la jeunesse de M. Saurin, cette effervescence allait presque jusqu'à une espèce d'emportement ; mais la raison l'avait réduite à n'être que de la vivacité, et sous cette forme plus douce, il l'a conservée jusqu'à son dernier jour. »

À la vérité, le Parlement décréta le bannissement de Rousseau à cause de son libertinage, au sens d'irréligion, plus que de ses calomnies. Ses contes en vers qui ne seront publiés qu'en 1881 circulent sous le manteau dès l'aube du XVIIIe siècle, doublures voyantes, « samizdats » du diable. On se répète *Le Clou*, portrait d'une femme « belle hideusement » d'un furoncle à la fesse, ou *La Fourmi*, histoire de l'industrieux insecte qui, s'étant égaré dans l'anus de Vénus, en est chassé par le membre de Mars. On rit des exploits des carmes déchaussés (on en trouve partout dans les écrits licencieux du temps, on en rencontrera quelques-uns chez Sade, à l'apogée de leurs capacités d'enrager et de foutre). On pénètre, grâce au verbe dru, raboteux, du poète, dans des séminaires suintants de semence, des couvents ombreux où les nonnes se connaissent sur le bout de leurs doigts...

Rousseau n'a donc pas attendu l'arrêt officiel pour passer en Suisse. À Soleure, l'ambassadeur de France, le comte du Luc, l'accueille et l'emmène au congrès de Bade. Rousseau va y rencontrer celui qu'il suivra durant trois ans, de Vienne à Londres, puis à Bruxelles, le prince Eugène. Avec le Hollandais Heinsius et l'Anglais, qu'on chansonne aux petits oignons, Marlborough, Eugène dirige la coalition des Impériaux qui tente – et y parvient çà et là – d'envahir la France. Celui qu'on appelait dans son adolescence l'abbé de Savoie est le fils du comte de Soissons et d'Olympe Mancini, nièce de Mazarin. Il a choisi à vingt ans, par dépit de n'être pas nommé par le roi à la tête d'un régiment, de s'enrôler dans l'armée autrichienne. S'il n'était pas naturellement stratège, il le devint dans le feu de la haine. Elle lui inspira des ressources inépuisables de ruse et de patience, lui enseigna l'art de la mygale pour frapper à coup sûr et paralyser l'adversaire. Antoine-Léonard Thomas, que Voltaire exécrait et qui fut une mine cafardeuse pour les Romantiques, a donné dans sa *Pétréide* un portrait en vers du prince Eugène :

> Des rives du Danube aux rives de la Seine,
> La renommée alors vantait le nom d'Eugène :
> Ce guerrier, du Germain guidant les étendards,
> Enchaînait la victoire au trône des Césars.
> Louis, souvent trompé par quarante ans d'ivresse,
> Louis avec orgueil dédaigna sa jeunesse ;

Il ne crut voir en lui qu'une indiscrète ardeur,
Et d'un Héros naissant méconnut la grandeur.
Un sujet dédaigné fut terrible à son maître :
Eugène méconnu devint plus grand peut-être ;
Et son Roi, sur un trône entouré de débris,
Se repentit quinze ans d'un instant de mépris.
Politique, guerrier, Ministre, Capitaine,
Les dons les plus heureux s'unissaient dans Eugène ;
Terrible dans l'attaque, et ferme à résister,
Sage pour concevoir, prompt pour exécuter,
On admirait en lui, dans un jour de carnage,
Ce calme redouté, ce tranquille courage,
Ces secrets du génie et ces grands mouvements :
Ce coup d'œil étendu qui mesure en silence,
Et va fixer au loin le destin qui balance ;
Grand parmi les périls, et grand dans le repos,
Joignant le goût des arts aux talents des Héros.
La fortune à son choix eût fait de ce grand homme,
Ou Colbert à Paris, ou Scipion à Rome.

Rousseau dédiera plusieurs de ses *Odes* au prince Eugène. Celle qu'il a consacrée à la bataille de Petervaradein, remportée contre les Turcs, est un long éclat d'enthousiasme. Les liaisons intermédiaires sont délibérément retranchées, l'imprévu de la pensée se marie à merveille avec l'aspect doré de la prosodie. Et celle adressée aux princes chrétiens sur l'armement des Turcs offre un coloris sauvage que le temps n'a pas défraîchi :

La Palestine enfin, après tant de ravages,
Vit fuir ses ennemis comme on voit les nuages
Dans le vague des airs fuir devant l'Aquilon ;

Et des vents du midi la dévorante haleine
N'a consumé qu'à peine
Leurs ossements blanchis dans les champs d'Ascalon.

L'effréné virtuose.

Jean-Baptiste Rousseau fut et demeure le plus grand poète de son temps, selon des codes qui ne sont plus les nôtres. On ne peut nier son influence sur un Valéry, par exemple. En particulier dans la façon de faire sonner l'ode comme un orgue, entraînement des sons, comme détachés de leur sens, formidable accord des jeux, instinct de la délicatesse jusque dans le maniement d'énormes strophes, chutes qui laissent un goût de houle, d'acclamation marine :

Tel, aux premiers accès d'une sainte manie,
Mon esprit alarmé redoute du génie
L'assaut victorieux ;
Il s'étonne ; il combat l'ardeur qui le possède,
Et voudrait secouer du démon qui l'obsède
Le joug impérieux.
Mais sitôt que, cédant à la fureur divine,
Il reconnaît enfin du Dieu qui le domine
Les souveraines lois,
Alors, tout pénétré de sa vertu suprême,
Ce n'est plus un mortel, c'est Apollon lui-même
Qui parle par ma voix.

« À Monsieur le comte du Luc. »

Jean-Baptiste Rousseau fut aussi l'inventeur en France de la cantate, une ode faite pour être mise en musique. Elle se compose de deux parties : les récits, d'abord, qui sont au nombre de trois et les airs qui succèdent à chacun d'eux. Les récits permettent au poète de dépeindre l'objet, l'air, les sensations que cet objet a suscitées. Ils sont en vers de huit, dix ou douze syllabes, mais jamais moins de huit. Les airs, au contraire, peuvent être en vers de toutes sortes, excepté toutefois l'alexandrin dont l'ampleur et la solennité ne serviraient pas le mouvement et le caprice de ces commentaires sentimentaux. Ordinairement, la cantate traite de sujets légendaires ou historiques. Elle se prête admirablement bien au genre noble, plus qu'au genre aimable. Voici un court extrait de la *Circé* de Rousseau qui montre la magicienne essayant par ses charmes de ramener Ulysse auprès d'elle :

> Sur un autel sanglant l'affreux bûcher s'allume :
> La foudre dévorante aussitôt le consume.
> Mille noires vapeurs obscurcissent le jour.
> Les astres de la nuit interrompent leur course.
> Les fleuves étonnés remontent vers leur source ;
> Et Pluton même tremble en son obscur séjour.

Le plus grand péché littéraire de Jean-Baptiste, aux yeux des lecteurs d'aujourd'hui – mais cela avait commencé de son vivant – n'est-il pas son éblouissante virtuosité, ce courage d'oser qui fut le sien ? Son indifférence totale à ce que nous appelons avec respect « la sincérité de l'artiste » ?

Certes, Rousseau n'est pas le seul auteur de son temps à célébrer, décrire, alléguer, moraliser, dialoguer, définir, métaphoriser sur commande. Mais lui ne laisse rien debout, après son passage, sur les terres du lyrisme que ses propres monuments, devant lesquels pâlissent et s'effondrent tous les autres. Il est la fin de toute poésie. L'oméga du rythme. L'histoire des grands genres connaît avec lui son dimanche, un éternel loisir dont il est le gardien satisfait.

On pense, alors, qu'il n'y a que trois espèces générales de styles : le simple, le tempéré, le sublime. Et que le style particulier de chaque écrivain doit être observé comme une nuance de ces trois styles, variés à l'infini.

Le style simple n'admet ni les sonorités flatteuses ni les tons exquis ni les périodes nombreuses. C'est la justesse de la pensée, l'exactitude de l'expression qui le fondent. C'est par là qu'il plaît. La négligence n'est pas l'un de ses moindres attraits. Rien ne doit sentir le travail ou le repentir. On l'emploie dans les lettres, dans les récits familiers, dans les fables, et chaque fois que l'on doit parler de choses essentielles et communes.

Le style tempéré se situe à une altitude plus élevée. Il est fleuri, se sert à profusion d'ornements, d'éclat, de l'antithèse, de la comparaison, de la description. Tout ce qui peut illuminer un discours lui convient. François de Sales ou Fénelon dans son *Télémaque* l'ont illustré.

Mais c'est dans le style sublime que Rousseau donna sa vraie mesure, où pour ses admirateurs se déployaient toutes les richesses de son génie. Style abondant, rempli d'ardeur, qui peut à la fois transir d'effroi et ravir d'extase. Il est naturellement chaleureux, vif-argent, géométrique et fin, sonore et fier. C'est le style même de celui qui s'en va clamant dans le désert. Toute perspective en est repoussée aux extrêmes limites du sentiment. Comme, ayant fini de lire, nous revenons à nous et, d'un long silence, mesurons ce que la voix d'un autre nous a ôté d'innocence en nous comblant de ses échos.

Le paria.

En France, personne ne regrette Rousseau l'exilé, moins heureux dans sa retraite que ne le sera le roi Voltaire. David jouant de la harpe, pour ses protecteurs et commanditaires, il est Trimalcion dans l'intimité, braillard et goinfre, vaniteux à l'égal de Néron, faux dévot, toujours dans les robes des jésuites, obstiné à réunir ses œuvres en un monument blanc, lavé des scories de ses bas appétits. Piron dit de lui que c'est « un consommé de Panurge et de la Rancune ». Évoquer à propos de celui qui se prenait pour Apollon un personnage de Rabelais et un autre de Scarron ne manque pas de sel. Au vrai, la nature de Rousseau était double, sanguine et chagrine. Et puis, sa vocation la plus immédiate, la plus impérieuse, dans les années 1694-1700, le théâtre, fut contrariée par l'insuccès. *Le Café*, *Le Flatteur*, comédies en prose, furent des fours. *Le Capricieux* aussi, dont les vers, comparés à ceux des *Odes*, sont laborieux, contraints, rocailleux, durs à entendre autant qu'à dire.

Jean-Jacques Lefranc de Pompignan, l'un des adversaires les plus vibrants de Voltaire et probablement le père de Théroigne de Méricourt, la future Cassandre révolutionnaire, a écrit après la mort de Rousseau, survenue à Bruxelles le 17 mars 1741, un très beau poème dont j'extrais cette strophe qu'admirait tant La Harpe :

Le Nil a vu sur ses rivages
De noirs habitants des déserts
Insulter par leurs cris sauvages
L'astre éclatant de l'univers.
Cris impuissants ! fureurs bizarres !
Tandis que ces monstres barbares
Poussaient d'insolentes clameurs,
Le dieu, poursuivant sa carrière,
Versait des torrents de lumière
Sur ses obscurs blasphémateurs.

La Harpe a dit qu'il n'avait guère vu de plus grande idée, rendue par une plus grande image, ni de vers d'une harmonie plus imposante : « Je la récitai un jour à M. de Voltaire, qui y trouvait tous les genres de sublime réunis. Je lui en nommai l'auteur, et il l'admira encore davantage. »

Les deux dernières strophes du poème, obéissant au goût noble, touchent le lecteur d'une façon plus convenue. Je les cite pour mémoire :

Favoris, élèves dociles
De ce ministre d'Apollon,
Vous à qui ses concerts utiles
Ont ouvert le sacré vallon ;

Accourez, troupe désolée,
Déposez sur son mausolée
Votre lyre qu'il inspirait ;
La mort a frappé votre maître,
Et d'un souffle a fait disparaître
Le flambeau qui vous éclairait.

Et vous, dont sa fière harmonie
Égala les superbes sons,
Qui reviviez dans son génie
Formé par vos seules leçons,
Mânes d'Alcée et de Pindare,
Que votre suffrage répare
La rigueur de son sort fatal.
Dans la nuit du séjour funèbre,
Consolez son ombre célèbre
Et couronnez votre rival.

Alexis Piron, qui ne va pas tarder à hanter ces pages, rédigea dans un autre style une « Épitaphe de Jean-Baptiste Rousseau » :

Ci-gît l'illustre et malheureux Rousseau.
Le Brabant fut sa tombe et Paris son berceau.
Voilà l'abrégé de sa vie,
Qui fut trop longue de moitié.
Il fut trente ans digne d'envie
Et trente ans digne de pitié.

LE BONHOMME DES ENFERS

L'enfant d'un songe.

Crébillon, ce nom est un juron bon enfant qui exaspère la bouche d'une ironie crayeuse. Prosper Jolyot naît à Dijon le 15 février 1674. Cette année-là meurt le vieil Arnauld d'Andilly. En janvier, nouvelle ralliée des solitaires, Mme de Sévigné s'est enflammée : ce Port-Royal est une Thébaïde, c'est le Paradis, etc. Et pourtant, dans les chansons, les jésuites reviennent à la mode. C'est Bourdaloue qu'on loue.

Le père de notre futur Tragique est greffier de la Chambre des comptes. Il est tatillon, grisâtre, furieusement hostile aux Muses. Il ne sait que griffer ses chiffres, « philistin, épicier ». Jean Richepin, dans un poème de *La Chanson des gueux*, épinglera les gens de cette sorte. Georges Brassens mettra de la musique au long de ces vers :

Mais pour bien vous punir
Un jour vous voyez venir
Sur terre

Des enfants non voulus
Qui deviennent chevelus
Poètes
Poètes.

En attendant que sa vocation se déclare, le rejeton est expédié au collège Mazarin. Rêvassant ou pestant, cahin-caha, Prosper fait son droit, est reçu avocat.

À peine douze années avant sa naissance, un autre avocat, Claude Le Petit, auquel Jean-Louis Trintignant prêtera ses traits dans un épisode d'*Angélique, marquise des Anges*, était arrêté, mis à la question et, en trois jours, condamné à mort. C'était au mois d'août 1662. Auparavant, la police avait saisi dans l'atelier des frères Rebuffé qui procédaient au tirage les épreuves du *Bordel des Muses ou les neuf Pucelles putains, caprices satyriques*, signé Théophile le jeune. On y trouvait, pour se mettre en appétit, un « Sonnet foutatif » que je goûte particulièrement :

Foutre du cul, foutre du con,
Foutre du Ciel et de la Terre,
Foutre du diable et du tonnerre,
Et du Louvre et de Montfaucon.

Foutre du temple et du balcon,
Foutre de la paix, de la guerre,
Foutre du feu, foutre du verre,
Et de l'eau, et de l'Hélicon.

Foutre des valets et des maîtres,
Foutre des moines et des prêtres,
Foutre du foutre et du fouteur.

Foutre de tout le monde ensemble,
Foutre du livre et du lecteur,
Foutre du sonnet, que t'en semble ?

Le Petit, qui n'avait que vingt-trois ans, mourut sans frayeur. Avant qu'il ne monte sur le bûcher, le bourreau lui coupa le poing droit puis, quand il fut ligoté au poteau, l'étrangla pour que les flammes ne consument qu'un cadavre, selon l'ordre secret des juges.

Un autre Le Petit, Normand prénommé Louis, chansonne les poètes, leurs « mensonges et extravagances » dans ses *Stances satyriques* :

Que c'est un art menteur que l'art de poésie !
Il fait tomber en frénésie
Ceux qui se mêlent de rimer :
Car, dans leurs nombreuses cadences,
Tout leur talent est d'exprimer
De pures visions et des extravagances...
Ainsi ces imposteurs, avec leurs hyperboles,
Abusent force laides folles ;
Ains que peut-on espérer d'eux
Autre chose que du mensonge,
Puisque Apollon au cerveau creux,
Pégase et les neuf sœurs sont les enfants d'un songe ?

Paris noir.

Paris, quand le jeune Crébillon y débarque, est, comme l'a si vigoureusement décrit le poète crotté (Claude Le Petit), un « Paris ridicule », un Paris noir, un Paris hanté. Vers le haut de l'échelle trembleuse éclatent pointes et saillies, languissent énigmes et fadaises, luisent les fleurets mouchetés, parades et moulinets. En bas, hoquetant dans le ruisseau, bouillonnent jurons énormes, blasphèmes à faire pâlir le diable, dérivent épluchures de syllabes, caquets de nymphes sur le retour, éjacule un verbe dru qui vient de loin, bavant son écume.

C'est le sens tel que l'air le parle, tel que la rue le roule. Combien d'auteurs désargentés qui sautent d'un ton à l'autre, de la basse au fausset, du commandement claquant du cocher au compliment poudreux, n'écrivant que ce que l'intérêt de la bourse ou du plaisir leur commande, se faisant indifféremment, comme Jean-Baptiste Rousseau, dévots confits ou suppôts de Belzébuth !

Ce sont ces auteurs-là, aussi, que le pouvoir affame ou gave. Les Orphées de ce temps sont malléables et corvéables à merci. Quand ils regimbent, on les tenaille, on les roue, on les écartèle, on les grille.

L'époque est friande de faits divers, de récits qu'on mange crus. Les recueils en abondent, minutes de procès, gravures sur bois de justice, depuis le début du siècle. En 1614, le traducteur du *Roland furieux* et du *Quichotte*, François de Rosset, publie ses *Histoires tragiques*, où s'accumulent toutes les figurations du mal, de l'infanticide aux possessions commandées, des vengeances qu'on médite à froid aux plaisirs inédits. Le conseiller Mathieu de Chalvet a traduit les *Controverses* de Sénèque le Père qui ont nourri nombre de tragédies du temps, de romans, noirs déjà. Dans les souterrains de l'ordre errent des ombres enchaînées, la même foule muette et remuante qu'on mène vers une lumière fatale, vers une place où les gibets sont faits du bois des barques de la Grève, où le vent balance des pendus de chiffons comme il ride la Seine de frissons riants, où les cendres se mêlent à l'haleine du temps.

Un « Racine ivre ».

Crébillon se place chez un procureur pour s'y former à l'étude du barreau. Mais son impétuosité, qui lui enroue la voix, est un obstacle à son succès. Le procureur, qui s'appelle Prieur, remarque vite le peu de goût de son élève pour la chicane. « Pourquoi ne travailleriez-vous pas pour le théâtre ? », lui suggère-t-il. Le drame n'est-il pas, en effet, son métier ? Crébillon acquiesce. Puisque Corneille a pris le Ciel et Racine la Terre, il lui reste l'Enfer. Il sera donc le poète de la terreur et de la pitié.

Selon Aristote, la terreur est un trouble de l'âme qui vient de notre pente à nous imaginer menacés par quelque mal fatal ou capable de nous meurtrir gravement. Le poète tragique a pour tâche d'exciter dans notre âme un intérêt, aussi vibrant que celui que nous ressentons pour nous-mêmes, à l'égard d'un personnage choisi, de le dépeindre dans des situations où le danger rôde, où sa vie est menacée. Aristote dit aussi que la pitié est la douleur que nous ressentons des souffrances d'un être qui nous semble digne d'un meilleur sort, soit que nous les ayons éprouvées, soit que nous craignions de les subir. Puisque la nature nous a donné un cœur sensible, le poète tragique, en exaltant par l'expression ou par l'action le malheur de ses héros, suscite notre pitié, nous attendrit jusqu'aux sanglots.

Après plusieurs refus, Crébillon compose un exsangue *Idoménée* puis un *Atrée* qui épouvante. Le songe de Thyeste frappe tous les esprits :

Près de ces noirs détours que la rive infernale
Forme à replis divers dans cette île fatale,
J'ai cru longtemps errer parmi des cris affreux
Que des mânes plaintifs portaient jusques aux cieux.
Parmi ces tristes voix, sur ce rivage sombre,
J'ai cru d'Ærope en pleurs entendre gémir l'ombre ;
Bien plus, j'ai cru la voir s'avancer jusqu'à moi,
Mais dans un appareil qui me glaçait d'effroi :
« Quoi ! tu peux t'arrêter dans ce séjour funeste !
Suis-moi, m'a-t-elle dit, infortuné Thyeste. »
Le spectre, à la lueur d'un triste et noir flambeau,
À ces mots m'a traîné jusque sur son tombeau.
J'ai frémi d'y trouver le redoutable Atrée,
Le geste menaçant et la vue égarée,
Plus terrible pour moi, dans ces cruels moments,
Que le tombeau, le spectre et ses gémissements.
J'ai cru voir le barbare entouré de Furies ;
Un glaive encor fumant armait ses mains impies ;
Et, sans être attendri de ses cris douloureux,
Il semblait dans son sang plonger un malheureux.
Ærope, à cet aspect, plaintive, désolée,
De ses lambeaux sanglants à mes yeux s'est voilée.
Alors j'ai fait pour fuir, des efforts impuissants ;
L'horreur a suspendu l'usage de mes sens.

À mille affreux objets l'âme entière livrée,
La frayeur m'a jeté sans force aux pieds d'Atrée.
Le cruel, d'une main semblait m'ouvrir le flanc,
Et de l'autre, à longs traits, m'abreuver de mon sang,
Le flambeau s'est éteint, l'ombre a percé la terre,
Et le songe a fini par un coup de tonnerre.

Atrée et Thyeste, acte II, scène 2.

C'est une antiquité d'entrailles et de vengeance qui palpite sur la scène, c'est la tourbe du siècle des guerres de religion, les mythes broussailleux que ses dramaturges ont orchestrés, qui survivent dans cette prosodie souvent cacophonique.

Car, si Crébillon eut toujours le sens du mouvement, beaucoup de ses vers offensent inutilement l'oreille. Écoutons ces deux-là, pris au hasard dans *Catilina*, représenté pour la première fois le 12 décembre 1748 et dont l'auteur reconnaissait lui-même la faiblesse (il en a fait l'aveu à Casanova). Crassus parle :

Que Caton à son gré nous méprise et nous blâme,
N'aurions-nous désormais d'oracle que Caton ?

Acte IV, scène 1.

Lors de la représentation d'*Atrée*, le procureur est dans un état désespéré. Il se fait porter au théâtre quand même et dit à son jeune protégé en l'embrassant : « Je meurs content. Je vous ai fait poète et je laisse un homme à la nation. » Mais le greffier paternel ne l'entend pas ainsi. Alors que Prosper, qui s'est marié et dont les succès ne faiblissent pas, connaît le bonheur, lui, toujours aussi furieusement hostile, indigné du métier qu'il a choisi, le déshérite. Mais bientôt, coup de théâtre. Est-ce la naissance de Claude (le futur Crébillon fils), le 14 février 1707, ou bien la soudaineté d'une maladie qui le fait trembler pour sa vie et pour son salut ? Il pardonne au rebelle métromane et le rétablit dans ses droits. Inutile soin, d'ailleurs, tout son bien ayant été saisi ou vendu.

Quatre ans plus tard, en 1711, la mort de sa femme jette Crébillon dans le désespoir. Follement il écrit, de plus en plus hanté d'âmes mornes, outré de ce vin qu'il goûte à l'excès. Il a toujours été un dévoreur de fables. Tous les romans qui paraissent, il s'en goinfre. Ces longs récits embarrassés qui sont les *Mille et Une Nuits* du Grand Siècle, il en suit avec ravissement les méandres.

Il se nourrit des livres publiés au creux du XVIIe, surtout de ceux de Gautier de Costes, sieur de La Calprenède, mort au galop à Chantilly en 1665 – les dix volumes de sa *Cassandre* et les douze de sa *Cléopâtre* ont laissé plusieurs jours La Fontaine éveillé –, ceux de la Scudéry aux paragraphes ombragés, d'Urbain Chevreau, de Le Vayer de Boutigny, dont le *Mithridate* l'enchante, et ceux de Jean Regnault de Segrais, l'ami de Mme de La Fayette. C'est d'un roman de Segrais qu'il tire *Rhadamiste*, joué en 1711 trente fois. On en fera la lecture à Boileau mourant – Boileau qui appelle Crébillon un « Racine ivre ». Après une ou deux scènes, on l'entendra soupirer : « Eh, mon ami, ne mourrai-je pas assez promptement ? » Il s'agit d'une tragédie à l'intrigue fumeuse, où ceux qui devraient se reconnaître s'ignorent, où les défunts ne le sont pas.

À partir de *Xerxès* (1714), le flot commence à se tarir et le public à se lasser. En entendant le monologue d'Artaban qui occupe entièrement la scène 2 de l'acte IV, les spectateurs éclatent de rire :

Pâles Divinités, qui tourmentez les ombres,
Et répandez l'effroi dans les royaumes sombres,
Venez voir un mortel plus terrible que vous,
Surpasser vos fureurs par de plus nobles coups,
Du plus illustre sang ma main bientôt fumante
Va tout remplir ici d'horreur et d'épouvante,
Tout va trembler, frémir : Et moi je vais régner.

Il tente encore une *Sémiramis*, mais le naufrage de son *Pyrrhus* en 1726 le fait renoncer à la scène (il n'y reviendra qu'au bout de douze ans avec un *Catilina* dédié à Mme de Pompadour : « Oser faire paraître *Catilina* sous vos auspices, c'est acquitter un vœu général. [...] Et qui ne sait pas les soins que vous avez daigné vous donner pour retirer des ténèbres un homme absolument oublié ? »). Il devient censeur royal, ce qui ne l'enrichit guère mais contribue à lui ouvrir les portes de l'Académie française. Il est élu au fauteuil du marquis de La Faye, poète roucouleur, le frère du capitaine aux gardes françaises qui corrigea Jean-Baptiste Rousseau. Se souvenant peut-être que son prédécesseur avait écrit une *Ode en faveur des vers*, c'est un discours en alexandrins que prononce Crébillon le 23 septembre 1731, fait sans précédent et qui ne sera jamais plus osé sous la Coupole :

Muses, voici le jour si longtemps attendu,
Jour dont aucun espoir ne m'annonçait l'aurore ;
Jour heureux, qui pour nous ne luirait pas encore,
Si de nos seuls succès la course eût dépendu.
Muses, vous le voyez, une Troupe immortelle
Daigne vous partager ses honneurs, ses emplois.
Parlez, & s'il se peut, justifiez son choix :
Mais ne prononcez rien qui ne soit digne d'Elle ;
Apollon, c'est ici que tu dois m'avouer,
Puisque ta voix m'appelle au temple de Mémoire.
Je ne demande rien qui ne soit à ta gloire.
Ce sont tes Favoris que je voudrais louer.
Aucun fiel n'a jamais empoisonné ma plume.
Ferais-je pour chanter des efforts superflus ?
Dieu des vers, aux rayons dont brillent tes Élus,
Souffre pour un moment que mon feu se rallume.
Je les vois tous couverts de tes rayons divins.
Dans leurs mains chaque jour tu déposes ta Lyre.
Ma Muse, un jour de gloire est un jour de délire :
Sers mon audace, & prends la Lyre dans leurs mains...

Deux ans après, Claude Crébillon publie *Les Égarements du cœur et de l'esprit*, qu'il dédie à son père : « ... Attaché à vous par les liens les plus étroits du sang, nous sommes, si je l'ose dire, plus unis encore par l'amitié la plus sincère et la plus tendre. Eh ! pourquoi ne le dirais-je pas ? [...] vous, mon ami, mon consolateur, mon appui. [...] Et si jamais le Public honore mes faibles talents d'un peu d'estime ; si la Postérité, en parlant de vous, peut se souvenir que j'ai existé, je ne devrai cette gloire qu'au soin généreux que vous avez pris de me former et au désir que j'ai toujours eu que vous pussiez un jour m'avouer avec moins de regret... » Crébillon fils et le vieux Tragique ont des liens d'une force et d'une tendresse qui n'ont eu dans l'histoire de notre littérature que peu d'équivalents : les deux Alexandre Dumas, Alphonse et Léon Daudet, François et Claude Mauriac.

La société du Caveau.

Quand est fondée, chez Landel, 10, rue de l'Odéon, la société du Caveau, le père Crébillon n'est pas le dernier à se rendre aux invitations de son fils, organisateur et boute-en-train de ces réunions bachiques. Alexis Piron, que nous rencontrerons dans quelques pages, ne dédaigne pas non plus de venir y lire une épigramme. Parmi les sociétaires, on peut croiser un épicier nommé Gallet qui écrivit un *Voltaire âne, jadis poète, en Sibérie*. On peut entendre Charles-François Panard – Louis XV lui doit son surnom de « Bien-Aimé » – blatérer un autoportrait-charge : « Mon corps dont la structure a cinq pieds de hauteur, / Porte sous l'estomac une masse rotonde, / Qui de mes pas tardifs excuse la lenteur... » On le regarde comme le père du vaudeville moral.

Le dernier survivant de cette confrérie (qui n'a rien de funèbre malgré son nom) s'appelle Charles Collé, secrétaire ordinaire et lecteur du duc d'Orléans. Sa pièce la plus connue – que le Français reprendra dans les années 1930 – est *La Vérité dans le vin ou les Désagréments de la galanterie*, dont l'une des scènes influença *Les Vignes du Seigneur* de Robert de Flers et Francis de Croisset. S'il écrit aussi des pièces historiques, *La Partie de chasse de Henri IV* entre autres (Voltaire en est friand), il est renommé surtout pour ses talents de chansonnier. On le surnomme l'Anacréon du siècle. Ses comédies, ses intermèdes sont joués dans la salle privée du fils du Régent qui les apprécie fort et parfois les suscite. Collé les réunira dans son *Théâtre de société*. Il n'en était pas outrageusement fier. Il rédigea un opuscule, *Épanchement secret de l'amour-propre*, où l'on trouve ces lignes : « On m'accable de louanges indiscrètes sur mon petit talent pour la comédie. Quel est en effet le connaisseur et l'homme de sang-froid qui ne se soulèvent pas contre moi en lisant cette ridicule hyperbole de Fréron : "Depuis Molière, je ne connais que M. Collé qui ait reçu de la nature un talent supérieur et décidé pour le genre de la Comédie." Et moi je déclare avec la bonne foi la plus gauloise, que *La Mère coquette* de Quinault, que les bonnes comédies de Dufresny, de Regnard, de Destouches et de Marivaux, dessinées à grands traits, sont infiniment au-dessus des bagatelles dramatiques que j'ai crayonnées en petit, et dont je n'ai malheureusement fait que mon amusement et mon métier. Quant à Molière, après lequel on me place, je m'en crois plus éloigné dans le comique, que Campistron ne l'est, dans le tragique, du grand Corneille. »

Collé fit un jour un poème qu'il voulut le plus galant possible :

Qu'il est heureux de se défendre,
Quand le cœur ne s'est pas rendu !
Mais qu'il est fâcheux de se rendre,
Quand le bonheur est suspendu !
Souvent, par un malentendu,
L'amant adroit se fait entendre.

Chez Mme de Tencin, plus célèbre aujourd'hui pour avoir été la mère indigne de d'Alembert que l'auteur fêté des *Mémoires du comte de Comminges*, Fontenelle, croyant que cela voulait dire quelque chose, demanda au chanteur (on avait mis le poème en musique) de répéter. Mais Mme de Tencin lui dit : « Ma grosse bête, ne vois-tu pas que ce couplet n'est que du galimatias ? » Elle était sévère ! Il ne s'agit, tout au plus, que d'un amphigouri, sorte d'écrit où l'emphase et l'enflure augmentent encore la vanité du sens.

Quand il sentit son esprit s'affaiblir, Collé posa sa plume d'oie en s'écriant : « Il faut dételer avant la nuit. »

Il était le cousin de Jean-François Regnard.

Crébillon père, maître de Casanova.

1760 : Giacomo Casanova rencontre Voltaire aux « Délices ». Imaginons le Vénitien à trente-cinq ans, géant chevalin et poudré, sourcils épais qui charbonnent, yeux fendus de samouraï au long regard gris, lèvres très rouges qui dessinent, avec gourmandise et mélancolie, la moue d'un éternel, inoubliable baiser, des mains qui parlent, une façon rarement vue, non seulement d'occuper l'espace, mais de l'incarner. Il ne met rien au-dessus de l'*Orlando furioso* de l'Arioste et personne au-dessus de ce poète-là, du moins chez les Italiens. Il le dit à Voltaire. Mme Denis, la nièce du philosophe, demande quelles sont « les trente-six stances qui font frémir et qui ont mérité à leur auteur le titre de divin ». Casanova, aussitôt, se met à les déclamer :

> Je récitai les beaux vers de l'Arioste comme une belle prose cadencée, que j'animai du son de la voix, du mouvement des yeux et en modulant mes intonations selon le sentiment que je voulais inspirer à mes auditeurs. On voyait, on sentait la violence que je me faisais pour retenir mes larmes, et les pleurs étaient dans tous les yeux ; mais lorsque j'en fus à cette stance :
>
> *Poiche allargare il freno al dolor puote,*
> *Che resta sola senza altrui rispetto,*
> *Giù dagli occhi rigando per le gote*
> *Sparge un fiume de lacrime sul petto,*
>
> mes larmes s'échappèrent avec tant d'abondance que tous mes auditeurs se mirent à sangloter. M. de Voltaire et Mme Denis me sautèrent au cou ; mais leurs embrassements ne purent m'interrompre, car Roland, pour devenir fou, avait besoin de remarquer qu'il était dans le même lit où naguère Angélique s'était trouvée entre les bras du trop heureux Médor, et il fallait que j'arrivasse à la stro-

phe suivante. À ma voix plaintive et lugubre, je fis succéder celle de la terreur qui naît naturellement de la fureur avec laquelle sa force prodigieuse lui fit exercer des ravages pareils à ceux que pourrait produire une horrible tempête ou un volcan accompagné d'un tremblement de terre.

Mémoires 1756-1763, chapitre XXI.

Trois jours plus tard, après qu'il a conversé avec Villars, gouverneur de Provence au dos rongé, et le beau docteur Tronchin, l'inventeur du « régime », honoré sans pause trois grâces fournies par un syndic épicurien et s'être livré, en redingote anglaise, à quelques exercices de haute physique, Casanova revoit Voltaire. Celui-ci est de méchante humeur. Casanova en conclut qu'il doit partir le lendemain. Il se plaît néanmoins à contredire le grand homme à propos de Chapelain et de Crébillon. *La Pucelle* apparaît au Vénitien comme un bon poème, malgré sa versification fautive : « Chapelain était poète, quoiqu'il fît de mauvais vers. Son génie ne m'a pas échappé. » Au bord de la colère, il ajoute un peu plus tard : « Chapelain a eu le mérite de rendre son sujet agréable, sans briguer le suffrage de ses lecteurs, au moyen de choses qui blessent la pudeur ou la piété. C'est le sentiment de mon maître Crébillon. »

Dix ans plus tôt, chez Rosa Benozzi, Silvia sur la scène, actrice préférée de Marivaux, Casanova a croisé le Tragique presque octogénaire et lui a récité une tirade de sa traduction italienne en vers blancs de *Rhadamiste.* Pendant une année, il est allé chez Crébillon trois fois par semaine et c'est avec lui qu'il a appris tout le français qu'il ait jamais su. Crébillon enseigna au jeune homme que « ce n'est réellement qu'au goût et au sentiment à donner la raison d'une chose qui échappe à toutes les règles ».

Casanova a tracé en quelques lignes un merveilleux portrait de l'artiste en vieillard :

> Crébillon était un colosse ; il avait six pieds : il me surpassait de trois pouces. Il mangeait bien, narrait plaisamment et sans rire : il était célèbre par ses bons mots, était un excellent convive ; mais il passait la vie chez lui, sortant rarement, ne voyant presque personne, parce qu'il avait toujours la pipe à la bouche et qu'il était environné d'une vingtaine de chats avec lesquels il se divertissait la plus grande partie du jour. Il avait une vieille gouvernante, une cuisinière et un domestique. Sa gouvernante pensait à tout, ne le laissait manquer de rien et ne lui rendait jamais compte de son argent, qu'elle tenait en entier, parce que jamais il ne lui en demandait aucun. La physionomie de Crébillon avait le caractère de celle du lion ou du chat, ce qui est la même chose. Il était censeur royal, et il me disait que cela l'amusait. Sa gouvernante lui lisait les ouvrages qu'on lui portait, et elle suspendait sa lecture quand elle croyait que cela méritait sa censure, mais parfois ils étaient d'un avis différent, et alors leurs contestations étaient vraiment risibles. J'entendis un jour cette gouvernante renvoyer quelqu'un en lui disant : « Revenez la semaine prochaine ; nous n'avons pas eu le temps d'examiner votre manuscrit. »
>
> *Mémoires 1725-1756*, chapitre XXIX.

Ajoutons quelques touches à ce tableau : Crébillon est le contraire du malade imaginaire de Molière. Il raille les médecins, les régimes, l'économie des humeurs qui, soi-disant, fait durer. Ses maux, il les oublie dans des éclats de rire, il force la bête et continue sa route sans autre élixir que son amour de l'excès en toutes choses. Gros mangeur, baiseur impénitent, « écrivant » plutôt qu'écrivain tant il est enragé de l'encrier, fumant pipe sur pipe afin de chasser les exhalaisons de ses dix chiens et de ses vingt-deux chats, embrumant avec délices la scène de son cerveau, vivant à la diable, fenêtres grandes ouvertes sur le divin Rien, dormant à peine, couchant à la dure. Il y a du Léautaud chez lui. Quand des amis lui demandent : « Pourquoi vis-tu de la sorte ? », il répond dans un haussement d'épaules : « Bah ! C'est que je connais les hommes. »

Un érysipèle aux jambes, qu'il ignorait avec superbe, eut finalement raison de sa résistance. Le 17 juin 1762, à quatre-vingt-huit ans, il rendit son âme aux puissances obscures.

LA MACHINE À SAILLIES

Éclats de voix.

Piron, Alexis, fils d'Aimé, apothicaire dijonnais qui rimait en patois bourguignon pour les gouverneurs de la province, les princes de Condé, naît le 9 juillet 1689. Après avoir bâillé de sombres études, il refuse d'entrer dans des ordres qu'il n'a que trop subis. Mais le masque d'oiseau lui répugne, et le rituel des saignées. Il veut avancer dans la vie à visage découvert et défendre les pauvres comme le faisait son père. Il choisit le barreau. Pour peu de temps. Il dit qu'il a vu le jour non pas sous l'astre qui forme les vrais poètes mais sous cet astre pestilentiel qui fait qu'on a la fureur d'être poète. Rimer le détourne des belles causes et des conclusions pathétiques. Dans la scène 7 de l'acte III de *La Métromanie* – sa pièce la plus connue, inspirée par la supercherie de Desforges-Maillard – Damis s'écrie et c'est la voix même de Piron que l'on entend :

> L'avocat se peut-il égaler au poète ?
> De ce dernier la gloire est durable et complète.
> Il vit longtemps après que l'autre a disparu :

Scarron même l'emporte aujourd'hui sur Patru.
Vous parlez du barreau de la Grèce et de Rome ;
Lieux propres autrefois à produire un grand homme !
L'encre de la chicane et sa barbare voix
N'y défigurait pas l'éloquence et ses lois.
Que des traces du monstre on purge la tribune,
J'y monte ; et mes talents voués à la fortune,
Jusqu'à la prose encor voudront bien déroger ;
Mais l'abus ne pouvant sitôt se corriger,
Qu'on me laisse à mon gré, n'aspirant qu'à la gloire,
Des titres du Parnasse ennoblir ma mémoire,
Et primer dans un art plus au-dessus du droit,
Plus grave, plus sensé, plus noble qu'on ne croit...

Piron a le rire trop voyant, l'œil trop aigu. Avant Sade, il sait qu'il n'y a rien de plus grand que le sexe. Il le célèbre dans un désert poétique traversé à dos de paresse jusqu'à sa trentième année, par quelques pièces d'où s'élève la fameuse *Ode à Priape*. Monument d'une verdeur telle qu'il lui ferma pour toujours les portes de l'Académie. On y lit entre autres une nouvelle version de la mort de Narcisse :

Le beau Narcisse pâle et blême
Brûlant de se foutre lui-même
Meurt en tâchant de s'enculer

En 1718, il arrive à Paris, devient copiste chez le chevalier de Belle-Isle, un étourdi qui oublie de le payer. Piron le lui rappelle en attachant au cou de sa chienne un petit poème. Il fréquente le salon de la marquise de Mimeure où Voltaire lui déplaît. Il préférera Diderot et Lesage, qu'il croise au café Procope, rue Dauphine – il collaborera bientôt avec le second pour le théâtre de la Foire. Durant plusieurs années, ce sera son gagne-pain. Il alimentera la production de la foire de Saint-Laurent qui occupait l'espace où se dresse aujourd'hui la gare de l'Est. En deux jours, il écrit pour l'Italien Francisque Molin *Arlequin-Deucalion.* Cette pièce en trois actes est représentée en 1722. C'est l'année même où Molin a obtenu le droit de faire parler un seul personnage sur la scène. En effet, les concurrents de la désertée Comédie-Française sont périodiquement contraints au mime, à la gambade, aux soubresauts de marionnettes muettes, au sous-titrage d'écriteaux de carton qui descendent du cintre. La bagarre entre les forains et les comédiens du roi est rude. Les vers enroués qui résonnent au Palais-Royal d'autant plus fort que la salle est vide ne dépeignent plus que des fastes de cire. À la foire de Saint-Germain, du côté de Mabillon, où la pièce de Piron est donnée triomphalement devant un commissaire que le rire paralyse, comme à la foire de Saint-Laurent, c'est en revanche l'air de la rue qui roule son sabir d'étincelles, ses jurons de charretier céleste, soulève ses éclaboussures d'oubli, fait frémir les gorges, bouffer les étoffes, qu'elles soient nobles ou communes.

Arlequin-Deucalion, le premier des opéras comiques de Piron, est donc un monologue. Il a pour décor le Parnasse où, dit la légende, Deucalion mouilla juste après le Déluge.

Arlequin, arrivé des ondes sur un tonneau, exécute un saut périlleux (indiqué par Piron), qui le présente sur ses pieds au-devant du théâtre. Pendant trois actes, notre bonimenteur va truffer son discours en zig-zag de parodies de comédies à la mode, comme ce *Timon le Misanthrope* de Delisle de La Drevetière, de tragédies que donnent alors les Comédiens Français ou dont le souvenir est encore vivace, *Romulus* surtout, de Houdar de La Motte, *Rhadamiste* de Crébillon – dont est singée la scène 5 de l'acte III – *Annibal* de Marivaux.

À la scène 3 du premier acte, Arlequin voit surgir Melpomène, la muse de la tragédie, qu'il commence par confondre avec Calliope parce qu'elle s'est munie d'une trompette : « Je ne songeais pas qu'elles font depuis peu bourse commune, et que ce que nous appelions tragédies n'était plus qu'un amas de quinze ou dix-huit cents vers épidramatiques. » Après s'être affligé comiquement de l'aspect de la dame, haut guindée, « faisant des mines passionnées, poussant des ah ! des hélas ! des dieux ! des qu'entends-je ! et gesticulant à grand tour de bras », Arlequin lui propose de l'épouser :

> ... Marions-nous. C'est sauter un peu légèrement de la barrière au but ; c'est un trait de mon métier. D'ailleurs, ne nous flattons point ; nous n'avons pas de temps à perdre, vous ni moi. Je suis d'un certain âge, aussi bien que vous autres, pucelles de céans. Reculer la queue du roman jusqu'à son douzième volume, ce serait risquer la postérité, et vous toutes, comme moi, êtes ici de moitié dans le profit. Car enfin, que je meure sans lignée, adieu

les hommes ; plus d'hommes, plus de fous ; donc plus de poètes ; et qui vous cultivera dès lors ? Qui vous invoquera ? Que ferez-vous ?

Le spectacle est interrompu çà et là par des féeries, des airs de flûte allemande au lieu de lyres, par des rondes d'amours ou de sylphes. À la scène 3 de l'acte III, une frénésie égalitaire s'empare d'un Arlequin philosophe qui, après avoir mis sur le cul son tonneau et l'avoir défoncé, s'exclame : « ... l'inégalité détruite, je réponds du bon ordre et de la félicité universelle. »

Jean-François de La Harpe, dans ses *Cours de littérature ancienne et moderne*, commente avec humour – lui qui a vécu la Terreur – les déclarations de notre législateur barbouillé, Arlequin-Saint-Just, Arlequin-Ubu : « Des malveillants diront qu'il eût été peut-être un peu embarrassé, s'il avait vu, comme nous, cette “félicité universelle” après “l'inégalité détruite”. Point du tout, il eût fait comme ses successeurs ; il aurait toujours “répondu” de tout, de semaine en semaine, de mois en mois, d'année en année ; et si la race “philosophique et révolutionnaire” pouvait se perpétuer jusqu'à la fin du monde, il est d'une certitude reconnue que, la veille du dernier jour, le dernier “philosophe” écrirait comme Condorcet sur “la perfectibilité indéfinie dans les siècles”, et le dernier jour même il dirait en voyant tout finir : “Eh bien ! ce n'est pas moi qui ai eu tort ; il ne m'a manqué pour avoir raison qu'une centaine de siècles de plus, peut-être mille ; qu'importe ? C'est une bagatelle dans l'immensité de mes calculs, qui n'en sont pas moins bons. Est-ce ma faute à moi, si le monde, qui devait être éternel, s'avise de finir ? On ne peut pas tout prévoir ; et puis, que ne m'a-t-on laissé faire ?" »

La danse d'ivrogne, exécutée sur une corde tendue d'un clocher à l'autre par le fameux Antoni, dit « de Sceaux », qui mourut en 1732, illustre à merveille le jeu perpétuel entre l'équilibre et le vertige, le risque frôlé à l'excès, la feinte légère et vacillante, qui éclate dans les quatre volumes du *Théâtre de la Foire* que Piron, vingt ans après, fit éditer avec tant de soin. Littérature de l'élan et du don. Un don qui est très loin d'être paisible, mais au contraire sans cesse tourmenté par sa propre gratuité. Art dégagé, même quand il a l'air de s'occuper de choses sérieuses. Le dérèglement veille, le déminage est obligatoire, sinon le spectateur, le lecteur n'y verront que du feu.

Les haines de Piron et son seul amour.

Piron, toute sa vie, comme d'autres prennent des pilules pour se tenir éveillés, fit des épigrammes. Cette petite incision railleuse fut son art favori. Sa haine la plus vive, c'est à Voltaire qu'il la réserva, mais celui-ci ne daigna pas s'en apercevoir. Alors, Piron se rabattit sur deux comparses dont il fit ses têtes de Turc préférées, Élie Catherine Fréron, et son inséparable abbé Desfontaines, auteurs à quatre mains d'*Observations sur quelques écrits modernes* et de *Jugements sur les ouvra-*

ges nouveaux. Piron rima sur le premier trente-quatre poèmes qu'il intitula *Fréronnade* et pendant cinquante jours, tous les matins, apporta à l'abbé une plaisanterie limée la veille à son propos.

La plus courte de ses épigrammes – deux vers – est citée avec admiration par Buffon dans une lettre du 20 janvier 1768 adressée à Guéneau de Montbéliard :

Pégase constipé s'efforçait un matin.
Le petit Poinsinet fut son premier crottin.

Antoine-Alexandre-Henri Poinsinet fut de bonne heure un métromane. De son œuvre ne surnagent guère qu'une pièce en un acte, *Le Cercle*, et quelques comédies lyriques où il a fait vivre la musique de Philidor qui fut aussi l'un des plus grands joueurs d'échecs de son temps (Diderot le nomme au début du *Neveu de Rameau*), le premier qui sut gagner en se servant des pions, de la piétaille, stratégie où certains lisent les prémices de la Révolution. À propos de Poinsinet, La Harpe écrit : « Son *Cercle* que le jeu des acteurs pouvait seul faire valoir est un centon dialogué, où rien n'est à lui, si ce n'est les inepties qu'il y a semées. » L'abbé de Voisenon, dont *La Coquette fixée* résonne encore aux oreilles de quelques érudits et qu'Apollinaire daigna célébrer dans la « Bibliothèque des Curieux », disait que Poinsinet, pour écrire *Le Cercle*, avait écouté aux portes, et, en ce cas, avait bien perdu son temps. Citons un seul vers du *Cercle ou La Soirée à la mode* : « Du centre des déserts de l'inculte Arménie. »

Poinsinet devint amoureux de Voltaire. Il fit le voyage à Ferney où il fut reçu comme un disciple. Quand il revint, il prétendit que Voltaire lui avait appris le secret des vers. On lui répondit : « Monsieur, vous le lui avez bien gardé ! » En tout cas, son opéra comique, *Le Sorcier*, eut un tel succès, en 1764, que c'est à partir de sa première représentation que le public réclama l'auteur sur la scène. Marmontel, dans ses *Mémoires*, date cette pratique de 1743 : « *Mérope* [de Voltaire] avait été la première pièce où l'on eût demandé l'auteur. » Au moins Poinsinet ne rêva-t-il pas les applaudissements qui l'attiraient vers les spectateurs enthousiastes ! Car pour le reste, il gobait tout ce qu'on lui faisait miroiter. C'est à son propos qu'on imagina sans doute le mot de mystification pour exprimer l'art de se jouer d'un homme simple. Des persifleurs s'assemblèrent en société pour l'accabler de ridicules. On lui fit croire ainsi que plusieurs dames du monde étaient amoureuses de lui. De faux rendez-vous sous l'orme ne le désabusèrent pas. Un jour, on lui dit qu'il allait être reçu membre de l'Académie de Saint-Pétersbourg mais qu'au préalable il devait apprendre le russe. Il mit beaucoup d'acharnement à l'étude de cette langue mais quand il voulut en user, il s'aperçut qu'il parlait le bas-breton. Poinsinet ne laissa à personne le soin de révéler les mystifications dont il avait fait l'objet. Il les raconta lui-même dans une histoire minutieusement alimentée où rôde peut-être un sourire pincé.

Il se noya dans le Guadalquivir à peu près au même moment où mourait, le 29 décembre 1774, à l'hôpital de la Charité, l'un de ses rivaux, Toussaint-Gaspard

Taconnet. Celui-ci, fils d'un menuisier, était né à Paris en 1730. Il avait abandonné très vite établi et rabot pour le métier des vers. Le Cabaret fut son Parnasse, Bacchus son Apollon. Il entra dans la troupe des histrions de la Foire. À la fois acteur et poète, on l'appelait « le Molière des boulevards ». Ses Œuvres ? Des farces, des parades. Ses héros ? Des savetiers ivrognes, des commères, des barbouilleurs, des égrillards. Quand il voulait illustrer son dédain pour quelqu'un, Taconnet disait : « Je vous méprise comme un verre d'eau. »

On fit circuler dans Paris cette épigramme :

Ô mort ! en veux-tu dans ta rage
Aux plus grands auteurs de notre âge ?
Dans trop d'eau s'éteint Poinsinet
Et dans trop de vin Taconnet.

Mais celui dont Piron fut le plus durablement obsédé est Pierre-Claude Nivelle de La Chaussée, un diable comme lui, qui plaisanta l'Enfer jusque sur son lit de mort et auquel nulle femme ne sut jamais résister. Alors qu'il ne pouvait rester un jour sans faire montre d'une bonne humeur et d'un appétit de vivre ogresques, La Chaussée complota d'inventer un genre qui fit fureur, la comédie larmoyante. Collé la décrivit un jour comme un « flasque avorton de la Tragédie » et Voltaire ne fut pas en reste : « La comédie larmoyante n'est au fond qu'un monstre, né de l'impuissance d'être ou plaisante ou tragique. Celui qui n'a pas le don du comique cherche à y suppléer par l'intérêt ; il ne peut s'élever au cothurne ; il rehausse un peu le brodequin. Il peut arriver, sans doute, des aventures très funestes à de simples citoyens ; mais elles sont bien moins attachantes que celles des souverains, dont le sort entraîne celui des nations. »

Piron ne cessait pas d'étourdir chacun de sarcasmes contre La Chaussée. À l'un de ses amis qui se rendait à une représentation de *Mélanide* – la pièce eut autant de succès que *La Métromanie* – il dit : « Tu vas donc entendre prêcher le père La Chaussée ? »

La vie privée d'Alexis Piron ressembla pourtant à une œuvre de La Chaussée, sagement réglée, pleine de sentiment, de chaleur et de tristesse. Il avait épousé une femme de chambre de Mme de Mimeure, Marie-Thérèse Quenaudon, qui devint folle et en mourut. Sa femme lui assurant une rente viagère de deux mille livres, le veuf se trouva sans ressources. L'ami de toujours, Montesquieu, intervint auprès de la marquise de Pompadour pour faire obtenir au poète une rente de mille livres, alors que de son côté un inconnu lui en faisait une de six cents.

Piron ne se remaria jamais.

Les deux épitaphes.

Son épitaphe, il la rédigea lui-même en deux versions. La plus longue est celle-ci :

Ci-gît... Qui ? Quoi ? Ma foi, personne, rien.
Un qui, vivant, ne fut valet ni maître,
Juge, artisan, marchand, praticien,
Homme des champs, soldat, robin ni prêtre ;

Marguillier, même académicien.
Ni frimaçon. Il ne voulut rien être
Et véquit nul : en quoi certe il fit bien ;
Car, après tout, bien fou qui se propose,
Venu de rien et revenant à rien,
D'être en passant ici-bas quelque chose.

« Pour le soulagement des mémoires, et pour le mieux, ajoute Piron, j'ai cru devoir réduire cette épitaphe à deux vers : Ci-gît Piron qui ne fut rien, / Pas même académicien. »

En réduisant son épitaphe, il n'a pas fait mieux mais pire. La vigueur, la verdeur, l'aspect vif et riant, un peu furieux et pirouettant de la première, sont ici réduits à un pauvre jeu de mots, jeu de société, qui n'a d'autre intérêt que de souligner à quel point le refus de l'Académie de l'accueillir le mortifia sa vie durant.

Je goûte énormément aussi sa « Dernière Épigramme » :

J'achève ici-bas ma route,
C'était un vrai casse-cou.
J'y vis clair, je n'y vis goutte ;
J'y fus sage, j'y fus fou.
Pas à pas j'arrive au trou
Que n'échappe fou ni sage,
Pour aller je ne sais où :
Adieu, Piron ; bon voyage !

Quel sens du rythme et de l'allitération, quelle intuition du mot juste, quelle fierté mâle et quelle distance avec soi-même, le soi infatué de l'écrivain toujours un peu courtisan des miroirs ! Celui-là, incorrigiblement, aura suivi sa pente, chanté dans son ton, sans jamais forcer sa voix.

À quatre-vingt-trois ans, Alexis Piron partit pour les rives fatales. C'était le 21 janvier 1773. Sainte-Beuve a dit de lui : « Son nom ne révèle rien sans doute de bien délicat ni de bien pur, mais il exprime au plus haut degré la vivacité, la verve, le piquant, le nerf et la gaillardise. »

MÉDAILLONS ET VIGNETTES

QUELQUES ÉCLATS DU SIÈCLE DES LUMIÈRES

Un obstiné.

Né en 1735, le Parisien Claude Peyraud de Beaussol, petit et sec, aux gros yeux qui ne voyaient que l'écorce du temps, avait une trentaine d'années quand il eut le désir effréné de devenir auteur dramatique. Professeur de géographie chahuté, il se consolait des horizons grisâtres que sa règle peinait à désigner, en passant ses soirées blotti dans les feux de la rampe. Il fit imprimer à ses frais une tragédie intitulée *Stratonice*. Bien que d'année en année il en changeât le nom, tous les théâtres la refusèrent. Enfin, le 26 juillet 1775, la pièce, appelée alors *Les Arsacides*, fut récitée par les Comédiens ordinaires du roi – on pouvait trouver l'ouvrage, un in-8° de 118 pages chez la veuve Duchesne. Il y avait cinq personnages, trois femmes et deux guerriers, également héroïques, accablés de vertus. Ces modèles antiques distribuaient les couronnes et les sceptres avec une facilité extraordinaire, tramaient des actions dont aucun spectateur ne parvint à saisir le sens, échafaudaient des plans tellement subtils qu'ils hébétaient l'esprit. Le mot

« Madame » revenait au moins mille fois et, à chaque prononciation, excitait le public, soulevait les risées. Un critique s'éleva contre les six actes de la pièce. Dans sa préface, Beaussol répondit que le grand défaut de l'œuvre était de ne pas en comporter sept. Un autre écrivit : « C'est une déraison éternelle. Aussi le parterre n'a jamais tant ri à aucune tragédie. » L'auteur ne s'avoua pas battu. Il obligea les Comédiens à recommencer. Tout Paris courut à cette seconde représentation pour n'y rien comprendre et s'en moquer.

Peyraud de Beaussol, après l'aventure, s'écriait souvent : « Tu es grand, Corneille, mais je ne te crains pas. » Il mourut obscur et pauvre en 1800.

Un errant.

Il disait d'une voix douce : « Le temps est un dormeur qui nous mène à l'éternité. » Il ajoutait : « La vie est une épigramme continuelle dont la mort est la pointe. »

Ayant la tête d'Ésope, il était vêtu d'une façon singulière : manteau de crispin, large chapeau, souliers carrés. En des temps cruels, il souriait aux anges. Tous les enfants le suivaient. Ils goûtaient ses fables davantage que des friandises.

Il écrivit un *Cours d'histoire sacrée et profane*, un *Abrégé de l'histoire des insectes*, un drame pastoral, *L'Heureux Vieillard*. Il prêcha aussi *L'Heureux Citoyen*. Il imagina, dans un livre qu'on réédita huit fois et que Jean-Jacques Rousseau appréciait, d'encager proprement son « élève de la nature » puis de le lâcher, petit Robinson expérimental, sur une île déserte.

Toute sa vie, il erra dans l'obsession candide du bonheur. La terre l'hébergea du 9 juillet 1728 au 5 octobre 1795, de Saint-Paul-en-Artois jusqu'à l'hôpital parisien de la Charité.

Il s'appelait Gaspard-Guillard de Beaurieu.

Un enragé d'esprit ou le désir de Bièvre.

Les regrettés Boby Lapointe et Antoine Blondin eurent un prédécesseur illustre dans l'art du calembour : Georges Mareschal, marquis de Bièvre.

Né en 1747, il était le petit-fils du premier chirurgien de Louis XIV. Nous ignorons tout de ses années d'enfance, du jour où sa langue fourcha. Servant d'abord dans les Mousquetaires, il apprit le maniement des armes et l'ennui des assauts. Mais il leur préféra bientôt les pointes du jeu d'esprit. En peu de temps, il y passa maître. Il était piquant d'entendre jaillir de cette bouche aux lèvres molles des gerbes d'allusions sonores où les syllabes se retournaient comme des gants de velours, où les mots qu'on attendait pétillaient soudain d'une manière incongrue comme des postillons de sens.

Le marquis de Bièvre ayant d'autre part une figure aimable, un accueil plein de grâce et l'obstiné désir d'obliger, les meilleures sociétés de Paris le réclamèrent. Il avait de l'adresse dans les exercices du corps mais une santé précaire. La gaieté qu'il affichait partout, l'éclat presque naïf qu'il répandait dans l'atmosphère la plus morose, trouvaient-ils leur source dans un effroi mal conjuré ?

À vingt-sept ans, Bièvre publia son premier ouvrage, intitulé *Lettre à la comtesse Tation*, qu'il signa le Sieur de Bois-Flotté, étudiant en droit fil. Il y adjoignit *Les Amours de l'Ange-Lure, La Fée-Lure*, etc. qui jetèrent un certain froid dans les ruelles.

Avant Bièvre, les poètes latins, puis Rabelais, Tabourot, seigneur des Accords, Théophile de Viau ou encore Claude Cherrier dans ses *Polissoniana*, avaient joué des mots, de l'équivoque (nous avons pu croiser dans ce livre la figure exaltée de Pierre de Saint-Louis). Mais c'est le marquis de Bièvre qui fit naturaliser en France le calembour, ce glissement du sens propre au sens figuré que les Italiens nomment *concetti*, et dont le Cavalier Marin fut sous Concini l'introducteur en France. Bièvre écrivit d'ailleurs sans le signer l'article de l'*Encyclopédie* consacré au calembour, admirablement orthographié Kalembour, comme Claudel ajoutera, gourmandise ou fumée, dans *Connaissance de l'Est*, un « h » à véranda.

Après sa mort, on édita un recueil de ses quolibets les plus réussis : *Bievriana.* En voici quatre échantillons :

> Les gens les plus expéditifs sont les notaires. Pour eux, l'acte le plus long et le plus compliqué n'est l'affaire que d'une MINUTE.
>
> Un jeune homme seul montra à Bièvre des vers qu'il avait faits : « On voit bien, lui dit le marquis, que ce sont des vers SOLITAIRES car ils sont LONGS et PLATS. »

Un jour que Vernet avait exposé plusieurs dessins au Salon, Bièvre y rencontra ce peintre et lui dit : « Ce n'est pas sans DESSEIN que l'on vous voit ici. »

Un joueur forcené dissertait sur la philosophie ancienne. Bièvre l'interrompit : « Je suis sûr qu'entre tous les philosophes, celui que vous préférez s'appelle DESCARTES. »

Malade, le marquis alla en 1789 à Spa dans le but de se rétablir. Il y mourut et son ultime calembour, sans doute le plus célèbre, fut adressé à ceux qui le veillaient : « Mes amis, je m'en vais de Spa DE CE PAS. »

Bièvre, qui avait composé en se jouant une tragédie amphigourique, *Vercingintorixe*, laissait deux pièces sérieuses, *Les Réputations* qui n'en avaient eu aucune et *Le Séducteur* dont le personnage était copié sur le Lovelace de Richardson *(Lettres de Miss Clarissa Harlowe)* et sur le Cléon de Gresset *(Le Méchant)*. On peut entendre dans cette comédie noire ces vers sur le mariage qui ne manquent pas d'une grâce déjà surannée (si le public fit au *Séducteur* un petit succès, la Cour s'y ennuya) :

Le matin de la vie appartient aux amours ;
Sur le soir, de l'hymen implorons le secours ;
Ce dieu consolateur est fait pour la vieillesse ;
Il nous assure au moins les droits de la jeunesse,
Et la main d'une épouse à son premier printemps
Fait naître encor des fleurs dans l'hiver de nos ans.
Mais prévenir ce terme, et choisir une belle
Pour languir de concert et vieillir avec elle,
C'est s'immoler soi-même, et c'est perdre en un jour
Les secours de l'hymen et les dons de l'amour.

L'ingénieur des langues.

Nicolas-Antoine Boulanger, Parisien, fils de marchand, sort du collège de Beauvais dans les années 1740. Il est hirsute et hagard, balbutie des sortes d'énigmes. Il est aussi peu savant qu'un lièvre, agité de passions qui lui donnent des étourdissements glacials. Puis une commotion le secoue, une grâce lui ouvre la voie lente et myope de l'écolier qu'il ne fut qu'en rêve. Courageusement, il entreprend de lutter contre son ignorance. Il a dix-sept ans, les filles l'ennuient soudain. Le monde est une étude mal éclairée où le jeune homme se laisse enfermer la nuit. Seul, il apprend les mathématiques et l'architecture. Au bout de deux ou trois ans, ayant chassé ce brouillard continuel qui avait fait de son enfance un marais dormant, il accompagne le baron Thiers aux armées comme son ingénieur particulier. Ensuite, il entre aux Ponts et Chaussées, exécute divers ouvrages en Champagne, Bourgogne et Lorraine et, tâchant de construire sur des sols ingrats, découvre l'art de penser. Sa physionomie n'est d'ailleurs pas sans évoquer celle de Socrate. Comparant des montagnes, conduisant des rivières, creusant et retournant des terrains, il voit la multitude de substances que la planète enferme et qui prouve sa vieillesse autant que l'enchaînement des révolutions qu'elle a subies. De là, Boulanger passe aux changements dans les mœurs, aux groupes humains, aux pouvoirs politiques, à Dieu. Pour maîtriser davantage encore ces sujets, il demande l'aide du latin puis du grec, mais bientôt mécontent il remonte à des idiomes plus enfouis, les langues hébraïques, le syriaque et le chaldéen. Tout cela, joint à une lecture aussi continuelle qu'étendue, lui donne une érudition immense mais désordonnée, quasi folle, tour de Babel d'in-folio qui, le 16 septembre 1759, à Paris, s'écroula subitement sur lui. Il avait trente-sept ans. On doit à cet ingénieur des langues, outre *L'Antiquité dévoilée* qui prétend prouver la mythologie par l'Arche de Noé, les articles de l'*Encyclopédie* consacrés au Déluge, à la Corvée et à la Société. On lui a attribué un ouvrage, après sa mort, déclamation remplie de blasphèmes et de sophismes, *Le Christianisme dévoilé*, où il prêche la tolérance avec la furie d'un illuminé. La Harpe conteste cette paternité et désigne un certain Damilaville, familier bouffon de Diderot, comme l'auteur de ces emportements.

NOIR SUR BLANC

Youngomania.

L'école sombre dont Baculard d'Arnaud prétendit être le fondateur vient de plus loin, de ces hommes du Nord, farouches et puritains, qui ont passé leur vie dans des campagnes vouées aux veilles du Seigneur, aux chasses du démon et à la rose fanée des vents : Ossian, que James Macpherson inventa en écoutant remuer la mer et marcher les spectres dans son Écosse natale, mais surtout Edward Young, et ses fidèles suiveurs, Thomson, Hervey, rapidement traduits et célébrés dans la France des années 60-70.

Young était né en 1683 à Upham dans le comté de Hants. Son père, mort en 1707, était recteur de cette église. Ses sermons, réunis en deux volumes, eurent sur le jeune homme une influence à la fois spirituelle et littéraire. L'étudiant en droit se détourna d'une science qu'il détestait et prit les ordres. Il fut nommé chapelain du roi et ensuite curé de Welwyn dans l'Oxfordshire. Il préférait être triste et occupé dans un presbytère lointain qu'approuver à la Cour des écarts éclatants et de feints repentirs. Il se maria en 1731 avec la fille du comte de Lichfield, veuve du colonel Lee, dont elle avait deux enfants. Elle était sans reproche et sa tendresse sans repos. Young trouva dans ses fils par alliance des amis véritables. Des maladies soudaines les lui enlevèrent en quelques semaines. Young emmena le dernier en France, espérant que la douceur du climat le rétablirait, mais le voyage fut inutile et Young, désespéré, repassa la mer. Quand il arriva chez lui, ce fut pour voir mourir son épouse, qui ne s'était pas résignée à survivre à ses enfants. En l'espace de trois mois, Young avait perdu tout ce qui l'enracinait dans le monde. Ses accès de mélancolie devinrent plus soudains et plus redoutables. C'est au cours de ces errances dans les territoires de la mort, dans la défection de toute joie, de tout espoir, que Young rédigea *Les Nuits*. Le succès fut considérable. Mais Young ne changea rien à ses habitudes. Patiemment, il continua de réfléchir sur la mission du poète. Comme l'écrivit quatre ans après sa mort son traducteur français Le Tourneur : « Ennemi jusqu'à l'excès de tout ce qui sentait l'imitation, il abandonna son imagination à elle-même. Né pour être original, il a voulu l'être et remplir une tâche qui lui fût propre. »

Edward Young mourut en 1765. Il fut enterré dans l'église de sa paroisse sous l'autel, à côté de sa femme. Son tombeau est l'un des plus étranges de l'Angleterre. Il est couvert d'une pièce de broderie que Mme Young avait travaillée elle-même. Au milieu de l'étoffe, on peut lire en capitales : « Je suis le Pain de Vie. » Vers le nord, on a gravé cette inscription : « Aux vierges : croissez en esprit et en sagesse », et vers le sud, cette autre : « Aux jeunes gens : croissez en grâce devant Dieu et devant les hommes. » On dit que c'est Young qui ordonna qu'on gravât ces sentences sur son tombeau.

Il fut vite oublié dans son pays, ainsi qu'il l'avait prédit : « Le plus long souvenir s'use et cède à l'oubli. » Ce vers est sa propre histoire. On cessa de parler de lui dès qu'il quitta Londres et fut négligé jusque dans sa retraite, même lors de son enterrement. Par exemple, la cloche ne commença à sonner que lorsque son corps fut transporté hors du presbytère. Et, quoique Young eût toute sa vie fait la charité dans sa paroisse et y eût fondé une maison pour les orphelins, ni le maître ni les enfants de cet établissement n'accompagnèrent le poète à sa dernière demeure.

Quelque temps avant sa mort, il émit le vœu – et il fut exaucé – que tous ses manuscrits soient brûlés.

Pierre Le Tourneur ou la multiplication des Nuits.

Pierre Le Tourneur, Normand de Valognes, poète aimable couronné par les prix des académies de Montauban et de Besançon – les discours qui lui valurent cet honneur furent imprimés chez Leroy à Paris – est connu surtout pour ses traductions.

Celle qu'il fut le premier à faire du théâtre de Shakespeare déchaîna les foudres du vieux Voltaire. Il traduisit aussi les *Méditations* de Hervey et les *Poésies* d'Ossian. Mais c'est à Young qu'il dut sa célébrité. Le destin du poète anglais l'avait fortement marqué :

> Seul confident de ma mélancolie,
> Le sombre Young est l'astre qui me luit.
> Parmi les morts, pensif et solitaire,
> J'erre avec lui ; tandis qu'au haut des cieux
> Phébé répand sa tremblante lumière ;
> J'aime les pleurs qui remplissent mes yeux.
> Eh ! d'où vient donc ce charme que j'éprouve ?
> Avec Young hélas ! je me retrouve,
> Faible, sensible, et surtout malheureux.

La traduction de Le Tourneur parut en 1769. Elle eut immédiatement un succès inouï. Plusieurs prédicateurs de province et de Paris en détachèrent des lambeaux pour en orner leurs sermons. Il faut dire qu'ils avaient plus de matière à prendre que dans l'original, puisque des neuf *Nuits* de Young, Le Tourneur en avait fabriqué vingt-quatre. Plus que de fidélité il faut parler ici de sympathie, de mimétisme, de récréation. « Mon intention, dit Le Tourneur, a été de tirer de l'Young anglais un Young français qui pût plaire à ma nation. » Le traducteur suivait son modèle quand il l'en jugeait digne, à d'autres moments le corrigeait sans vergogne et substituait des idées et des images à celles qui, selon lui, n'auraient eu aucune grâce dans notre langue : « J'ai jeté à la fin de chaque *Nuit* tous les morceaux, tous les passages qui appartenaient uniquement à la théologie... J'ai assemblé, assorti de mon mieux, sous un titre commun, tous les fragments qui pouvaient s'y rapporter et former une espèce d'ensemble. La même raison m'a fait multiplier les titres ; et des neuf *Nuits* de l'original, j'en ai formé vingt-quatre. »

Grimm s'enthousiasma. Il dit que Le Tourneur avait trouvé le secret de faire lire ce poème du plus beau noir qu'on puisse imaginer à un peuple dont l'esprit était couleur de rose. Sébastien Mercier ajouta dans *L'An 2440* : « Pour moi je n'ai jamais rien lu de si original, de si neuf, même de si intéressant [...] Le poète bat le cœur, le soumet, le met hors d'état de raisonner contre. Telle est donc la magie de l'expression et la force de l'éloquence qui laisse l'aiguillon dans l'âme ! »

Le Tourneur était modeste, patient et laborieux, il avait en société la candeur et la timidité d'un enfant. C'est dans sa traduction qu'Isidore Ducasse, au lycée de Tarbes, lut Young, avec tant d'assiduité qu'il en eut, comme il le dit dans les *Poésies*, beaucoup de migraines.

L'école sombre.

Dans ses *Poètes et Grammairiens au XVIIIe siècle*, Jean Roudaut écrit : « À partir de 1760, les poètes courent après un langage qui leur permette de traduire la pression du sensible trop longtemps négligé, et d'être “ténébreux”, comme le leur demande Diderot (*Salon* de 1767). »

À la société du Caveau, ancrée dans la langue de chez nous, casanière et libertine, se contentant pour idée du Paradis d'une fille et d'une cuite, succède une réunion d'esprits inquiets, nocturnes et chastes. Aux barriques d'un vin qui sèche l'angoisse, aux échos bachiques, aux amphigouris gaulois, répondent les sonates macabres des monuments ruinés et des cimetières du clair de lune.

Pierre-Antoine-Augustin de Piis (17 septembre 1755-22 mai 1832), qui fut proche du comte d'Artois (le futur Charles X) avant la Révolution, secrétaire général de la préfecture de police sous le Consulat et l'Empire, puis, après une interruption, sous la Restauration, supportera mal de voir attaquer la poésie légère par les imitateurs d'un « prêtre atrabilaire » :

Singes du triste Young, écrivains taciturnes
Qu'enfanta le succès de ses rêves nocturnes,
Habitez, j'y consens, au milieu des tombeaux ;
Des cadavres rongés contemplez les lambeaux ;
À la sombre lueur d'une lampe tremblante
Que vos cœurs par degrés s'ouvrent à l'épouvante ;
Chacun a ses plaisirs mais ne prétendez pas
Dresser sur le Parnasse un autel au trépas,
Et, dans les noirs transports d'un zèle funéraire,
Étouffer les neuf Sœurs sous un drap mortuaire.
Oh ! si mes faibles vers, fruits d'un noble courroux,
Pouvaient par le Cocyte arriver jusqu'à vous,
Je vous entendrais tous, du fond de vos ténèbres,
Élever contre moi vos murmures funèbres,
Et, choisissant ce Young pour votre inquisiteur,
Dénoncer mon épître à ce lugubre auteur.
J'en rirais : en effet, quand un arrêt bizarre
Me contraindrait moi-même à descendre au Ténare,
J'irais avec audace au pied du tribunal
Où se lamente encor ce génie infernal,
Et là je lui dirais : « Frappe, Young, mais écoute.

Des cœurs qu'on veut instruire il faut prendre la route.
Tu suis un autre plan ; dans ton livre inhumain
Se promène la mort une faux à la main,
Et tu sais, des démons crayonnant la demeure,
De ton lecteur transi sonner la dernière heure :
Mais aucun des mortels n'aime la vérité
Sous le crêpe effrayant de la sévérité.

« Aux détracteurs de la poésie badine. »

L'anglomanie est d'abord l'amour d'une langue humide qui traîne ses syllabes comme une écharpe de brouillard, c'est la prononciation d'un climat, l'éclat d'une prosodie intime et presque purement musicale, comme le sera celle des Symbolistes. Voltaire écrivit à Saurin : « Les Anglais ont un avantage sur nous, c'est de se passer de la rime. Le mérite de nos grands poètes est souvent dans la difficulté de la rime surmontée, et le mérite des poètes anglais est souvent dans l'expression de la nature. »

Les écoliers du genre sombre voulurent à la fois surmonter cette difficulté et conquérir ce mérite.

Colardeau ou le noir et le blanc.

Charles-Pierre Colardeau naît à Janville, dans l'Orléanais, le 12 octobre 1732, sous le signe de la Balance et de la mélancolie. Louis XV a vingt-deux ans. Le cardinal Fleury, toujours poudré à frimas, après avoir été son ambigu précepteur est devenu son Premier ministre prudent. L'enfant Colardeau, d'une complexion de lunatique, dessine sans se lasser les paysages en pente douce qui l'environnent. Mais il a la particularité de ne voir dans les couleurs que le noir et le blanc, les nuances diverses des ombres et des clartés. Il cultive déjà les Muses, rime des lettres de héros anciens à leurs amantes, prêtant à celles-ci les traits des pécores villageoises qu'il croise à la messe et dont il ne peut retenir les regards. Ce genre – qu'il contribuera à faire triompher en France – porte le nom fâcheux d'*héroïde*. Ovide en fit beaucoup, les Italiens, les Anglais en sont friands. En 1616, Jean-Baptiste Crosilles, moins connu par ses vers que par l'accusation calomnieuse d'être un prêtre marié, avait publié un volume d'*Héroïdes*, passé inaperçu. Il devait donner, dans le même silence, une bergerie en cinq actes, *La Chasteté invincible* (1634), avant de mourir, misérable mais libre, en 1651.

La première œuvre à laquelle s'attelle Colardeau est une traduction d'Alexander Pope. Le philosophe et poète anglais a écrit une *Épître d'Héloïse à Abailard* que le jeune homme, qui a renoncé au barreau et vit pauvrement à Paris, aidé par un vieil oncle, curé de Pithiviers, adapte en alexandrins véhéments. On entend dans ces vers des échos des deux Racine, du premier les accents à la fois insinuants et alarmés, du second, l'auteur fêté de *La Religion*, l'impeccable et froide emphase :

Tremble, cher Abailard ! Un Dieu parle à mon cœur ;
De ce Dieu, ton rival, sois encor le vainqueur,
Vole près d'Héloïse et sois sûr qu'elle t'aime :
Abailard dans mes bras l'emporte sur Dieu même.

Lettre amoureuse d'Héloïse à Abailard (1758).

À vingt-trois ans, Colardeau, d'un jour à l'autre, bénéficie dans les salons d'une confortable réputation. L'*Héroïde d'Armide à Renaud*, adaptée de *La Jérusalem délivrée* du Tasse, rencontre moins de faveur. L'ancien poète fou, sorte d'Uccello du lyrisme italien, même poli par la main sûre et délicate d'un artisan du goût, ennuie les esprits à la mode qui ne rêvent que de traversées nocturnes du Channel. 1755 : Colardeau fait jouer une tragédie, *Astarbé*, rédigée dans l'ombre encore énorme de Crébillon père, histoire d'une femme aux ruses atroces qui fait mourir un tyran dégénéré. Mais ce drame est privé de toute action, de toute intelligence de la scène. Ce sont des duels ralentis de discours bien tournés, mouchetés à bâiller. Si les rimes en sont riches, souvent heureuses, les rythmes brillants, les acteurs sont embarrassés par ces vers qui semblent les ligoter sur place, les paralyser dans une tonalité sombre et triste, impropre au tragique.

La seconde tragédie que Colardeau présente au public est, prudemment, une adaptation d'une pièce de l'Anglais Rowe, *La Belle Pénitente*, qu'il intitule *Caliste* (1760). Une femme violée se lamente, pendant cinq actes, sur un malheur sans recours :

> Que ne puis-je, Lucile, au bout de l'univers,
> Habiter des rochers, des antres, des déserts ;
> Là de mon lâche amant expier les outrages,
> N'entendre autour de moi que le bruit des orages,
> Ne voir, à la clarté d'un ciel chargé de feux,
> Que des monstres sanglants, que des spectres hideux,
> Des mânes, des tombeaux, ou quelque infortunée,
> Aux larmes, comme moi, par l'amour condamnée.

On adressa à cette œuvre, en les exagérant encore, les mêmes reproches qu'à la précédente. On soupira sur les beautés du modèle, on railla les fadeurs de la copie. Colardeau renonça à faire jouer une comédie, *Les Perfidies à la mode*, qui ne fut représentée, dans un murmure d'endormissement, qu'après sa mort.

Après quelques phases de bile noire, de crampes, d'agitations furieuses, où l'effort pour maîtriser sa hargne de plaire le jetait dès qu'il était seul, Colardeau entreprit méthodiquement la reconquête des lecteurs. Et d'abord du plus grand d'entre eux, Louis XV. En 1764, Colardeau se fendit d'un poème à l'occasion de l'achat par le roi d'un petit pavillon de chasse près du bois de Boulogne :

> Vous voilà donc bourgeois d'Auteuil,
> Sire ; et voilà votre village
> Qui va jouir de l'avantage
> Dont se vantent avec orgueil
> Choisy, la Meute et l'Ermitage.
> Vous y viendrez chercher l'ombrage,
> Le doux lilas, le chèvrefeuil :
> Tant mieux pour nous...

Décidément – et c'est de mauvais augure – l'art de louer les souverains se perd, il n'est plus illustré que par des gagne-petit du rond de jambe, des fonctionnaires de la pommade. Mais Colardeau n'est pas le pire. Il a l'excuse, au moins, d'être malade et conscient du pourrissement désespérément progressif qui le ronge. Que peut-il opposer à l'image du spectre impotent que lui renvoient les glaces ? Sinon le feint équilibre d'un homme content de voir son roi épouser, le temps d'un week-end, l'habit et les plaisirs de la bourgeoisie. Et puis, une liaison l'accable, une ombre fuyante, qu'il tutoie dans des liasses d'épîtres où les égarements de la passion sont tenus à distance, domptés par le fini du style.

Il se réfugie dans les douceurs de l'amitié qui, elle, ne triche pas. Lui qui fut si fort et si constamment amoureux de trompeuses beautés, qui ne put, comme il l'écrit dans un émouvant poème, « arracher à la gloire / Qu'un vain laurier que la foudre a frappé », n'attend plus rien des plaisirs qu'un attisement cruel de sa difficulté d'être. « Depuis longtemps », dit-il alors qu'il n'a pas trente ans, « la main des destinées / Tourne à regret le fuseau de mes jours. » Qu'est-ce qui le retient à la vie ? Un sourire de sa jeune Parque, un espoir, une promesse lue dans le ralentissement du geste de la fileuse ? Il se jette dans le travail avec l'énergie du naufragé qui entrevoit la terre, du condamné qu'un peu de soleil chauffe sur un banc printanier. Un afflux de sang, une ambition renouvelée le meuvent. Il rédige *Les Hommes de Prométhée*, dont il tire l'inspiration dans le *Paradis perdu* de Milton. Il retrouve dans la description de Pandore une fraîcheur matinale, un entrain de gamin que n'eût pas désavoués Xavier Forneret :

Sur deux touffes de lis figurez-vous la rose
Lorsqu'au lever du jour, timide, demi-close,
Et commençant à peine à se développer,

Du bouton le plus frais elle va s'échapper.
Tel est ce sein, ce sein, la première parure
Que reçoit la beauté des mains de la nature.

Les Hommes de Prométhée,
d'après le chant de Milton sur Adam et Ève.

Pendant ces années, Colardeau écrit beaucoup, rêvant d'égaler Boileau dans son *Épître à Monsieur Duhamel de Denainvilliers*, qui lui vaut un regain de faveur, une *Ode sur le patriotisme* où il se mesure à Antoine Thomas, l'auteur de *La Pétréide,* et comme Nicolas Léonard, poète des Antilles qui mourra cinq jours après Louis XVI, le 26 janvier 1793, il rime un *Temple de Gnide.* On y trouve un cortège de Bacchus rien moins qu'enivrant, où les bacchantes ressemblent davantage aux vendangeuses de sa province qu'aux tourmenteuses d'Orphée :

Leur voile dans les airs se disperse égaré,
De feuillages nouveaux leur front est entouré ;
Les pampres voltigeant s'unissent au lierre ;
De leur thyrse, à grands coups, elles frappent la terre.

Colardeau, lui aussi, se soumet à l'influence de Young qui, à mesure qu'il se rapproche de sa fin, l'apaise. Il traduit deux *Nuits* et, dans une *Ode sur la poésie*, reprend les thèmes du poète anglais. Au début de l'année 1776, il est élu à l'Académie française au fauteuil du duc de Saint-Aignan. Mais, le 7 avril, quelques jours avant sa réception, une hydropisie de poitrine l'emporte.

La veille, apprenant que Claude Watelet (1718-1786), qui a publié deux ans auparavant un retentissant *Essai sur les jardins*, traduit *La Jérusalem délivrée*, il se lève de son lit d'agonie pour jeter dans les flammes plusieurs chants, qu'il venait de transcrire.

Ainsi Charles-Pierre Colardeau mourut-il comme le poète qui retint ses derniers moments, Torquato Tasso, dit le Tasse, sans avoir pu jouir de son triomphe.

Le pays imaginaire.

1760 : la Youngomania n'a pas seulement déchaîné cet art des larmes qui n'est pas près de se tarir dans notre littérature, mais elle a nourri une autre fureur persistante, celle des jardins. Tout le monde se met à dessiner, à célébrer ces apparences de jungle, ces massifs, ces pavillons, ces forges secrètes, ces cataractes, ces tempêtes modelées sur les marines de Joseph Vernet. Ce sont les mises en scène d'un songe qui, en passant par l'Angleterre, est né en Chine et dont les missionnaires jésuites, Du Halde, frère Attiret, entre autres, décrivent avec gourmandise la savante asymétrie. M. de Monville sème le désert de Retz de monuments, parfois ruinés, qui font, à travers les millénaires et les mondes, le portrait d'une âme. Philippe d'Orléans, qui, accessoirement, deviendra Philippe Égalité, fait l'éloge d'un art de vivre au naturel déjà chanté par Sarasin. Ces jardins sont les lieux géométriques de l'intime et du social. On s'y perd mais on y reçoit. On y médite sur son destin particulier mais on multiplie les perspectives, on met en action la machinerie merveilleuse de tous les caprices de l'Univers. On s'y dérobe aux yeux du siècle pour mieux se retrouver. Comment redevenir un petit enfant candide, ambition suprême d'Apollinaire ? En se lovant délicieusement dans le sein d'un jardin, à la fois « peigné et sauvage », comme le disait Voltaire de celui de Ferney !

Deux pleureurs.

Aimé-Ambroise-Joseph Feutry a très tôt la manie de tout abréger. Sauf le sort, sauf la mort qui le poursuivent et dont les syllabes retentissent chaque année plus lourdement dans son crâne fêlé. Il plonge dans la poésie sombre comme dans un bain de boue, pour mieux en rejaillir vivant. Ses *Tombeaux* sont sages et solennels. Il les récite volontiers d'un ton guilleret qui glace l'auditeur. Il imite Young, bien sûr, à coups de chevilles et d'exclamations ampoulées : « Tombeaux ! Votre éloquence, avec un trait de flamme, / A gravé dans mon cœur le néant des plaisirs. » Natif du Nord, il s'intéresse aux origines de la poésie castillane. Il traduit *Robinson Crusoé* en sautant – toujours sa marotte – toutes les longueurs qui, selon lui, embarrassent la lecture. Il rédige un *Supplément à l'art du serrurier* que Louis XVI consulta peut-être. Le 28 mars 1789, il ne reconnaît pas son visage dans le miroir. Quel est ce diable noir au sourire féroce ? À la potence ! Qu'on le pende ! Montant avec une agilité conservée de sa jeunesse sur un méchant tabouret, il se passe la corde au cou et, définitivement, s'exorcise.

Gabriel-Marie-Jean-Baptiste Legouvé devient riche, dès son entrée dans la carrière poétique. Avec la conscience d'une dette à payer aux Muses, il s'installe dans son bureau, tous les jours à heure fixe, et tire à la ligne. Avec lui, l'ennui même a ses couleurs. L'aile de l'imbécillité a frôlé souvent ce pieux soupirant de la Mélancolie, qui ne rêve que plaies et pleurs, et tricote ses grêles ritournelles comme l'insomnieux compte des moutons. Voici de quelle manière il décrit l'abandon, le désespoir et la terreur de Néron, dans sa tragédie *Epicharis et Néron* (acte V, scène 4) ;

> Me voilà seul portant la haine universelle !
> Puisse-t-on ignorer le lieu qui me recèle !
> Qu'au moins mes jours sauvés... Dois-je former ces vœux,
> N'avoir d'autres palais que ces caveaux affreux,
> D'autre Cour que le deuil, leur silence et leur ombre ;
> Et ne voir d'autre jour que cette clarté sombre !
> Ah ! cette vie horrible est semblable au trépas...
> Où suis-je ? un songe affreux... Non, non, je ne dors pas ;
> De mon cœur soulevé c'est un secret murmure :
> Je m'entends appeler meurtrier et parjure.
> Je le suis... Mais quels cris, quels lugubres accents !
> Une sueur mortelle a glacé tous mes sens...
> Ne me trompé-je pas ! je crois voir mes victimes...
> Je les vois ; les voilà... Du fond des noirs abîmes,
> S'élancent jusqu'à moi des fantômes sanglants ;
> Ils jettent dans mon sein des flambeaux, des serpents ;
> Je ne puis me soustraire à leur troupe en furie...

Legouvé crut longtemps que ses vers lui survivraient. C'est à son immortalité qu'il songe quand il visite un humble cimetière de campagne et honore la cendre du pauvre, ou quand il évoque les ruines, ivre d'entendre avec une acuité taraudante la voix des empires effondrés. Il mourut à quarante-huit ans, directeur du Mercure de France et membre de l'Institut, le 1er septembre 1812. Il aura pourtant écrit un alexandrin fameux, d'un comique involontaire, qui est la chute de son poème sur *Le Mérite des femmes* :

Tombe aux pieds de ce sexe à qui tu dois ta mère.

Roucher ou le miel des mois.

Jean-Antoine Roucher, né à Montpellier le 22 février 1745, meurt le 25 juillet 1794, soit le 7 thermidor an II, la veille de la chute de Robespierre, le même jour qu'André Chénier et trente-six autres victimes. Après avoir adhéré aux idéaux révolutionnaires, il s'indigne des atrocités gratuites que le système de la Terreur engendre. Il souffre de voir tout ce qu'il a chéri jusqu'ici, l'amour, l'amitié, la poésie, méprisés par des barbares déguisés du nom de patriotes. La Harpe, admirablement, a décrit les ravages exercés par l'incompétence furieuse des magistrats du peuple : « Ils n'osaient pas encore avouer tout haut le projet aussi infâme qu'insensé, formé depuis longtemps parmi eux, d'anéantir tout ce qui peut éclairer et élever l'espèce humaine, en lui montrant sa véritable dignité :

avant de détruire toute instruction, ils voulaient commencer par l'avilir et l'intimider ; et certes ils ne pouvaient pas s'y prendre mieux. Si quelque chose était capable de porter l'effroi d'un côté et le dégoût de l'autre, c'était sans doute de voir les satellites de la tyrannie présider aux exercices de l'esprit, en menacer la liberté, en comprimer l'essor, en dicter l'intention, en observer, avec l'œil affreux de l'inquisition, le plus léger mouvement vers l'indépendance qui leur est propre ; que dis-je ? mêler eux-mêmes leur voix forcenée, leurs accents sauvages, leurs vociférations sanguinaires, aux leçons de la science et aux sons harmonieux du génie, et faire succéder immédiatement au langage savant et cadencé des Muses les chants horribles des Iroquois et le cri des Cannibales » *(Discours prononcé à l'ouverture du Lycée le 31 décembre 1794).*

Roucher, qui fut d'ailleurs, dans une longue étude, pris à partie par La Harpe, ce Boileau du préromantisme, froid poète, critique injuste, mais parfait prosateur, essuie plusieurs tentatives d'assassinat avant d'être jugé. Fouquier-Tinville lui signifie de prendre congé de la vie. Il est enfermé à Saint-Lazare. Au moment où l'on vient le chercher pour le mener à la guillotine, il s'empare d'un petit portrait qu'a fait de lui un ami et rédige au-dessous ces quatre vers à l'adresse de sa femme et de ses enfants :

Ne vous étonnez pas, objets sacrés et doux,
Si quelque air de tristesse obscurcit mon visage ;
Quand un savant crayon dessinait cette image,
J'attendais l'échafaud et je pensais à vous.

Il avait traduit de l'anglais les *Recherches sur la nature et les causes de la richesse des nations* d'Adam Smith, que Condorcet augmenta d'un volume de notes, et il laissait manuscrite une épopée sur *Gustave Wasa arrachant la Suède à la tyrannie de Christiern.* Mais son plus grand titre de gloire était un poème en douze chants, dont il avait pris l'inspiration dans *Les Saisons* de Thomson, *Les Mois*, paru en 1780.

L'auteur avait trente-cinq ans et son œuvre se ressent des effets conjugués d'une fougue mal contrôlée et d'un effort exalté vers la mesure. Ces douze chants sont isolés, ne tiennent pas plus ensemble que ne le font les mois d'une année. Ils déroulent, d'ailleurs, des images communes, accueillent des prosaïsmes volontaires. Le rythme y est souvent brisé et une sorte de souffle sombre donne aux alexandrins qui se succèdent monotonement comme des sillons d'octobre, un écho, un volume résonnant, qui parurent aux critiques de l'emphase ou, pire, de l'enflure. Tant que le poème circulait dans le secret, la tiédeur des salons particuliers, par bribes chuchotées, psalmodiées parfois d'une voix que les origines de Roucher faisaient soleilleuse, il bénéficiait d'un intérêt soutenu. Même les mois d'hiver, comme chez Vivaldi, avaient de la couleur, de la vivacité, la neige y poudrait les visages, rosissait les lèvres ; une frénésie de violons, un déluge de cuivres rompaient l'ennui qui pouvait poindre. Mais, lorsque le livre parut, que le lecteur ne fut plus soutenu par des sortilèges extérieurs, qu'il lui fallut faire face à la nudité de ces vers si étonnamment, pour l'époque, dépourvus d'harmonie, ce fut un tollé de silence, un haussement d'épaules général.

Plusieurs souscripteurs, qui avaient payé un louis d'avance sur les deux que valait l'ouvrage, préférèrent renoncer à l'autre. *Les Mois* furent aussi raillés qu'avait pu l'être, en son temps, *La Pucelle* de Chapelain. Il faut dire qu'il y eut contre Roucher une cabale qui n'avait pas seulement un caractère littéraire. Il ne voulait pas admettre qu'il n'y eût alors qu'un seul musicien dans le monde, Gluck. S'il admirait l'auteur d'*Orphée et Eurydice*, il prétendait goûter d'autres nourritures. La mode gluckiste passant, les philosophes, dont Roucher illustrait volontiers les idées, le rallièrent et imposèrent *Les Mois* à la jeunesse qui trouva, comme toujours, naturelles les audaces du poème. Certes, Roucher est moins riant que Saint-Lambert dont *Les Saisons*, en 1769, avaient obtenu un éclatant succès. Chez celui-ci, ce ne sont que teintes adoucies, consonances suaves, bref du pastel. Alors que celui-là, par ailleurs aussi honnête homme que l'ami et rival de Voltaire, exécute un lavis. Il peint rudement les vagues, les orages, les naufrages. Pour lui, la mer est un rassemblement de promesses à la fois merveilleuses et terribles. Sous chaque lame peut se cacher un roc de glace, sous une chape d'écume que le soir irise peut méditer un typhon.

À mesure que les mois se déroulent, la présence du poète se fait plus envahissante, plus indiscrète. Il se complimente lui-même en septembre :

> Je renais, je revole à la cour des neuf Sœurs ;
> Et l'art des vers encore a pour moi des douceurs.
> Oui, mon luth, tour à tour léger, sublime et tendre,
> Aux antres du Parnasse ira se faire entendre.

Riche saison des fruits, c'est à toi que mes chants
Devront cette énergie et ces accords touchants,
Qui, maîtrisant le cœur par l'oreille enchantée,
Font aimer dans mes vers la nature imitée.

Partout on se heurte à des expressions bizarres, des développements hasardeux. On lit des passages entiers recopiés sur Jean-Jacques Rousseau – Roucher, dans *Le Mois de janvier*, lui consacre un tombeau – comme la critique de l'usage de consommer de la chair animale. On savoure des descriptions parfois aussi glacées que les Alpes, aussi grondeuses que le fleuve Zaïre.

Cette ambitieuse tapisserie sera éclipsée par les accents posthumes d'André Chénier. Dans la charrette fatale, l'auteur de *La Jeune Captive* se heurtait le front avec orgueil, tandis que Roucher, soudain timide devant le jugement de la postérité, pleurait.

LES HOMMES FRÉNÉTIQUES

LA SAGA TERRIFIANTE

Le château de l'Être.

L'homme seul est l'essentiel, l'homme qui n'appartient à personne. L'homme qui parle sa propre langue ou celle que ses ancêtres, par leur songe qui dure encore, lui ont léguée. Il garde le seuil, son œil est sombre le jour, clair la nuit. Certains soirs, il entend résonner en lui, silencieusement, la question du chat-huant, il se sent dans le sommeil recouvrir d'une sueur de sang, il marche au bord du toit de son vertige. La lune, quand elle est grosse, irradie l'arbre de ses nerfs. Il a peur et envie de devenir ce corps hurlant, velu et noir, cette face allongée en museau, en gueule, qui se retrousse sur des dents qui ont soif. Cette rage d'outre-mémoire où son être s'enclot comme dans un château d'éclairs, où son âme, parmi les pieux taillés délivreurs de vampires, saigne, étendant ses ailes inverses sur les heures, l'apparente à des ombres tombées en oubli qui veulent qu'on les relève, à des maudits qui, plus qu'être bénis, désirent qu'on les achève, qu'on mette sur leur douleur la marque du dernier sceau.

On peut apercevoir dans la fiction frénétique une véritable unité qui est comme le revers de la règle classique. Elle s'établit dans le discontinu, s'affermit dans le noir, règne dans des souterrains, rayonne dans des tombeaux. L'échafaud, le monstre et le vampire ne sont pas par hasard les thèmes dominants de la saga terrifiante. Celle-ci est issue des passions gothiques du XVIIIe siècle anglais, abondamment transcrite en notre langue vers les années 1820, du souvenir des édits foudroyants des gnomes révolutionnaires, de l'escorte hirsute des Romantiques Louis XIII, des procès en sorcellerie du siècle des poisons (souvenons-nous de *La Devineresse* de Thomas Corneille et Donneau de Visé qui met en scène la Voisin), des déterrements livides, des étreintes morbides qu'on voit dans les *Nuits* de Young, et des secrets enfouis dans les parchemins illyriens, amoureusement gardés par Charles Nodier entre les mots de ses récits hagards et cristallins.

Lune, ténèbres, oiseaux de malheur, monstres amoureux, fiancées pâles à la carotide trop visitée, échafauds perpétuellement dressés, ombres assaillies de rayons pourpres, « convives des dernières fêtes » pour citer un titre de Villiers de L'Isle-Adam, tout cela compose un climat, des murs, une géographie parallèle, un domaine mouvant, dont on retrouve l'écho dans les sujets de romans de Baudelaire : « Brigands / Sorcellerie / Séquestrations / Palais et prisons (souterrains) / Et des Supplices et des Épouvantes ! »

Ces livres secoués dans les bibliothèques du songe en épousent les configurations et les conjurations. Malgré la variété des épisodes, les caprices de la narration, la stratégie du « coup de théâtre » qu'on sent partout à l'œuvre, on peut dire qu'il existe malgré tout, dans ces récits, un récit préfiguré, une source profonde et maternelle, une carrière ouverte d'où le conteur tire les matériaux dont il a besoin, un magasin d'antiquités qui lui fournit, non seulement le décor et les objets, mais jusqu'aux frissons datés qui vont alimenter son débit.

Feuilletons et mélodrames.

L'art du feuilleton appartient au bohémianisme qui est, selon Nerval, « le culte de la sensation multipliée ». Friedrich Nietzsche dans *Humain, trop humain*, à la rubrique « De l'âme des artistes et des écrivains », dit : « Les fous des cours du Moyen Âge correspondent à nos feuilletonistes ; c'est la même espèce d'hommes à moitié raisonnables, facétieux, exagérés, sots, qui ne sont là parfois que pour adoucir le pathétique de la situation par des saillies, par du bavardage et couvrir de leurs cris le glas trop lourd, trop solennel des grands événements. »

Le style feuilletonesque est animé par la malice du Diable. Le noir fait mieux ressortir le blanc et les taches de sang rehaussent l'éclat pitoyable d'une virginité prise. Comme les acteurs des films muets roulent des prunelles énormes cerclées de suie, soulignent des sentiments inaudibles jusqu'à en faire une pantomime fantomatique, les auteurs de feuilletons, s'ils utilisent souvent la langue la plus simple, en exagèrent l'évidence et portent à ébullition les banalités les plus plates, cultivant l'épithète outrancière, multipliant les exclamations. Mais ce qui rapproche le plus l'art du feuilleton de la littérature furieuse, c'est l'impossibilité de distinguer chez les meilleurs entre le pathos original et sa contrefaçon. Que de ruses, de chausse-trappes, de tentations et de châtiments, quand la prose s'effondre sous elle ou se tord dans des flammes de voyelles en dévorant ses protagonistes. Car il faut, à la fin, d'une manière ou d'une autre, que Satan récupère son bien. Ainsi, dans les huit volumes des *Mémoires du Diable* de Frédéric Soulié, le baron François-Armand de Luizzi est-il saisi chez lui par le démon tandis que son château s'abîme, creusant dans la terre un trou si profond que les paysans le surnomment « le trou d'enfer ».

Le style feuilletonesque engendre une écriture qui fonctionne, chargée des échos de la source, mordant sur des marges où clignote l'ironie, mais sans que l'efficacité du genre en soit menacée. Cela lui confère au contraire dans les cabinets de lecture un prestige que les années, les ambitions pédagogiques, les lieux trop communs détruiront. Alors Soulié, Eugène Sue, Paul Féval, Ponson du Terrail ou Michel Zévaco seront supplantés dans les cœurs populaires par Georges Ohnet, Paul Bru, Zénaïde Fleuriot, Pierre Bion, Benjamin Gatineau, Pierre Zaccone, Marie Émery, Victorine Monniot ou Roger Des Fourniels. Jusqu'à ce que revienne le pur plaisir du divertissement, promenade à travers les siècles et les ombres, apparence d'un soupirail.

Au théâtre – l'Ambigu, la Gaîté, la Porte-Saint-Martin – le mélodrame obéit aux mêmes lois. Il faut que Margot y pleure mais que le roué puisse y sourire un peu jaune. Amour d'abord, malheur ensuite. La vertu qui triomphe, le coupable puni. C'est une prose de geste et de souffle, de machinerie et non de mécanique. Les créateurs du genre sont Caigniez et Guilbert de Pixérécourt, que l'on surnomme respectivement le « Racine » et le « Corneille » du boulevard. Louis-Charles Caigniez est un ancien avocat, aussi ses personnages plaident-ils volontiers. On joua trois cents fois *Le Jugement de Salomon* à l'Odéon en 1802. Pixérécourt a donné d'abord une comédie *Les Petits Auvergnats* (1797) mais, dès l'année suivante, son *Victor ou l'Enfant de la forêt* fait de lui un dramaturge fêté (392 représentations à Paris). Nodier, après la représentation de *Coelina ou l'Enfant du mystère* en 1800, a écrit que cette création marquait la date de la naissance du mélodrame. Plus que les personnages – un muet, une vierge, un infirme –, c'est la voix du sang qui joue le principal rôle de cette tragédie populaire. Pixérécourt adaptera aussi *Les Mystères d'Udolphe*, roman terrifiant d'Ann Radcliffe, dans *Le Château des Apennins ou le Fantôme vivant.* Jusqu'à sa mort survenue en 1844 à quatre-vingt-un ans, il écrira cent onze pièces. Il n'en reste que des images imprimées dans des âmes errantes.

Il faudrait citer Victor Brahain-Ducange, dit Ducange, mort à cinquante ans en 1833, qui se moquait des belles phrases, haïssait les jésuites, et dont le chef-d'œuvre, *Trente Ans ou la Vie d'un joueur*, représenté en 1827 à la Porte-Saint-Martin, est un Œdipe à l'envers : Georges de Germany, joueur ruiné, assassine un voyageur qui est son fils et, au lieu de se crever les yeux, il se jette dans une cabane en flammes.

Citer Auguste Anicet-Bourgeois (1806-1871), auteur de *La Nonne sanglante*. Ou encore Joseph Bouchardy, auteur du *Sonneur de Saint-Paul*, qui se déroule pendant la captivité de Charles Ier d'Angleterre (Francisque Sarcey a dit que ses drames avaient des assises cyclopéennes !). Ou Dennery, qu'on surnommait le Shakespeare du peuple ! Ou Pierre Decourcelle l'oublié et sa *Gigolette* !

Mais dans *L'Auberge des Adrets*, sur le boulevard du Crime, le grand Frédérick Lemaître improvise toujours, sous les traits de Pierre Brasseur, pour *Les Enfants du paradis.*

LA MAIN DE L'OISELEUR

Une aveugle impatience.

À propos de la génération de 1820, Edgar Quinet (1803-1875), l'auteur au génie mal dégrossi d'*Ahasvérus* (1833), de *Prométhée* (1838), de *Merlin l'Enchanteur* (1860), écrit dans *Histoire de mes idées* : « Quoique cette souffrance allât souvent jusqu'au désespoir, il n'y avait là pourtant rien qui ressemblât au spleen, à l'ennui de la vie, à tout ce que l'on a appelé le vague des passions, vers la fin du siècle dernier. C'était, il me semble à bien des égards, le contraire de la lassitude et de la satiété. C'était plutôt une aveugle impatience de vivre, une attente fiévreuse, une ambition prématurée d'avenir, une sorte d'enivrement de la pensée renaissante, une soif effacée de l'âme après le désert de l'Empire. Tout cela joint à un désir consumant de produire, de créer, au milieu d'un monde vide encore. »

Qui mieux qu'Alphonse Rabbe devait les incarner, cette aveugle impatience, ce désir consumant ?

Exister, c'est périr.

Alphonse Rabbe. Quand on le dit, ce nom étrange râpe la gorge d'une lampée de fable. À un homme qui s'appelle ainsi, ne prêterait-on pas volontiers la paternité de contes des mille et une nuits gothiques ?

Rabbe est né en Provence le 18 juillet 1784, à Riez, ce qui, dans son cas, est un impératif d'une ironie cruelle. Adolescent, sa beauté le fait surnommer l'Antinoüs d'Aix par ses camarades. La chaleur de son accent, le chant de ses paroles augmentent encore l'impression qu'il produit sur tous. Les jeunes filles rougissent en le voyant passer. Il n'est pas encore le « héros foudroyé sans éclair » que Sainte-Beuve décrira, Oberman et Manfred à la fois. Il a de solides attaches chrétiennes, ignore Satan, « le maître de l'ennui » selon Philotée O'Neddy. Plus tard, il écrira : « Exister c'est périr ; c'est mourir que de vivre. » Dans les années de sa jeunesse, il est travaillé par les puissances du désir, par les ardeurs du sang, qu'il épuise en exercices sportifs à l'antique, en longues chasses à la palombe à l'arc, nu au soleil, inscrit comme un dieu caché dans cette nature exubérante et sévère qui est son propre paysage mental.

Il a seize ans quand il devient secrétaire d'Alexandre de Laborde, préfet des Basses-Alpes et célèbre pour ses distractions (il présenta ses condoléances lors d'un mariage et voulut raccompagner chez elle le soir sa propre femme, ne se souvenant pas de l'avoir épousée à midi). Pour lui, le jeune Alphonse écrit anonymement une préface à un *Voyage pittoresque et historique de l'Espagne*.

Rabbe écrit aussi *L'Éloge de Puget*, cet « empereur des forçats », comme l'appellera Baudelaire dans « Les Phares », hommage un peu froid où l'on peut lire cependant l'ébauche d'une autobiographie. Retraçant les périples du jeune sculpteur marseillais hors de France à la recherche de maîtres dignes de lui, c'est à lui-même sans doute que pense Rabbe. La dureté des hommes dont il parle, cette cruelle expérience de l'adversité qui nourrit l'énergie de l'artiste, les a-t-il connues – ou bien a-t-il le pressentiment que l'enfer l'attend ?

Trois vocations contrariées.

Rabbe monte à Paris. Ivre de couleurs, il caresse le projet de peindre, mais semblable au Frenhofer du *Chef-d'œuvre inconnu* de Balzac, il s'entête à reproduire ce qu'il voit d'une façon qui déconcerte et alarme. D'après un témoignage : « Sa palette qu'il nettoyait sans cesse était la plus sale de l'atelier et sur la toile il faisait des empâtements rugueux. »

Cet acharnement furieux sur la toile ou le marbre donne des ébauches toujours recommencées où la vue se brouille – David et Regnault, régents solennels de leurs ateliers clairs, en resteront pantois.

Quoi qu'il en soit, après qu'on l'eut découragé de hanter plus longtemps une trop lyrique abstraction, Rabbe sent naître en lui la vocation musicale. Mais sur d'inaccessibles portées, les notes tremblent comme des gouttes de pluie, des larmes sans force, signes sans joie des vocalises d'un rouge-gorge enroué. Quand Rabbe chante ses mélodies de sa voix lourdement lestée d'accent sudiste, les auditeurs s'écroulent d'un rire gras où s'embourbe l'idée même de musique.

Enfin, Rabbe a la tentation de se faire comédien pour mieux épouser toutes les velléités de son être, se glisser dans des personnages étrangers, comme s'il devinait qu'un intrus le délogerait bientôt de son identité, qu'il lui faudrait se survivre dans la peau d'un « autre » imposé.

Trois essais, trois échecs. Rabbe regagne son Midi, s'enrôle et suit les armées impériales en Espagne avec le titre d'adjoint aux commissaires des guerres. Espagne de Goya, terre de jeu, de feu, de femmes et de mort, figurée par ces corridas élémentaires que Fontaney délirera sous le nom de lord Feeling.

Dans quel éventail de cartes, brandi peut-être par une vieille aux allures de dame de Pique, Rabbe, un de ces beaux soirs andalous chers à Musset, aura-t-il lu son destin ? A-t-il participé en compagnie de ses camarades à des orgies dignes du Sade de *Juliette* ou du Barbey des *Diaboliques* ? L'Héritier, dans la notice qu'il donna à la première édition de *L'Album d'un pessimiste*, l'affirme, sans doute avec complaisance, peut-être avec malignité.

La syphilis, comme dans les romans noirs de cette époque où la vengeance du ciel est toujours prête à fondre sur le pécheur, inoculée au malheureux par une Carmen de seize ans, commença lentement ses ravages. Victor Hugo décrira son ami – depuis 1824 une affection très vive les unit – en ces termes terribles : « Sa paupière, ses narines, ses lèvres étaient rongées ; plus de barbe et des dents de charbon. Il n'avait conservé que ses cheveux dont les boucles blondes flottaient sur ses épaules et un seul œil dont le ferme regard et le sourire ferme et franc jetaient encore un éclair de cruauté sur ce masque hideux. » Alexandre Dumas dans ses *Mémoires* écrit : « Rabbe, par une maladie horrible qui le coucha dans la tombe, est aussi défiguré que si un tigre lui eût rongé le visage... » Et L'Héritier, dans sa préface controversée à l'édition de 1835 : « Bientôt, tout son corps ne fut plus qu'une plaie affreuse. »

Cette tunique de Nessus qui le dévore lentement ne lui ôte d'ailleurs rien de sa douceur ni de sa dignité. C'est « le monstre bon » qui hantera Hugo toute sa vie et qu'on retrouve sous des formes diverses au long de son œuvre.

À partir de cet instant, le sévère historien qu'il est aussi peut bien accumuler les compilations, retourner sa veste en politique, tour à tour ultra, bonapartiste et libéral, c'est dans l'affrontement quotidien avec les progrès de sa déchéance qu'Alphonse Rabbe trouve sa voix, ce ton noir, concentré, qui n'appartient qu'à lui à cette époque, « le ton Rabbe » comme le dira Baudelaire qui lui doit tant. Écoutons le début d'un texte bref intitulé justement « Horreur » :

> Quand je me regarde, je frémis. Est-ce bien moi ! Quelle main a sillonné ma face de ces traces hideuses !
>
> Qu'est devenu ce front où respirait la candeur de mon âme, lorsqu'elle était pure encore ? Ces yeux qui effraient, ces yeux mutilés exprimaient jadis, ou les désirs d'un cœur

qui n'avait que des espérances et pas un regret, ou les méditations voluptueusement sérieuses d'un esprit libre encore de honteuses chaînes...

Il médite sur les paysages d'après-mort, célèbre la vertu, se redoute lui-même, cherche dans la débauche du vin le remède au chagrin, lui qui n'a pas été élevé dans ce goût réservé aux natures froides, gratte avec entêtement sa plaie, appelle la mort « sa divinité favorite », la supplie de venir le combler de ses redoutables faveurs, réfléchit longuement sur le suicide, qu'il envisage à la fin comme le seul acte de magnanimité que puisse accomplir celui qui est une charge pour les autres dans la ville assiégée de famine, dans l'arène sanglante, qu'est notre monde.

Entre la vie et la mort, alors que certains pratiquent le style troubadour cher à l'aube du romantisme (Aloysius Bertrand, Philotée O'Neddy, mais aussi Petrus Borel ou encore Gautier et Nerval), lui est à l'écoute du ramassis de peuplades errantes qui le hante, de cette steppe qu'est devenue son âme.

Un jour (et toute une légende se déroule dans le regret de cette sublime phrase), l'afflux soudain des sanglots refoulés lui dicte ces vingt mots : « Nous n'avons plus aucun de ces brillants pavillons que nous pensions dresser sur les prairies émaillées des régions heureuses. »

Après La Bruyère et Chamfort, avant Nietzsche, il fragmentise. Il faut à cet égard remarquer que, bien qu'il s'agisse pour eux d'illustrer le choc, la violence, la profanation, le blasphème, l'injure, la lame qui tranche ou la flèche qui vibre, le poing qui se serre, se lève ou heurte, le sang qui monte ou jaillit, la semence et la foudre, les furieux écrivent rarement court. Ils n'emploient que fortuitement l'aphorisme, l'anecdote, ou plutôt ils les incluent dans leur discours sous forme de paragraphe insolite, d'oraison jaculatoire, de digression ivre, de paraphe intérieur semblable à la lézarde d'un mur. Ce peut être aussi les ruines d'un monument songé, jamais accompli. Nous pouvons rêver ainsi sur des bribes de récits, des éclats de poèmes, quand ça n'est pas sur des listes de titres, comme Baudelaire en a laissé, qui suscitent en nous par accumulation un vertige romanesque presque supérieur à celui que nous procurent des œuvres closes sur leur perfection.

Un autre aphorisme de Rabbe, pris au hasard, aussi beau qu'un poème de Cavafy traduit par Marguerite Yourcenar : « Il était écrit sur le tombeau de Cyrus : Je suis Cyrus qui conquis l'empire de l'Asie. Homme, qui que tu sois, d'où que tu viennes, ne m'envie pas ce peu de terre qui couvre ma pauvre cendre. »

Comme Sarasin, comme Tristan L'Hermite, Rabbe est un joueur forcené : « Le jeu excite, au plus haut degré, cette sorte d'ivresse morale, dont les effets deviennent physiquement les mêmes que ceux des boissons spiritueuses les plus délétères. » À partir de 1823, il se tourne vers la critique d'art. Il fréquente les Salons, le crayon à la main et l'œil à l'affût. À ce moment-là, peu à peu, les artistes se dégagent de la gangue néoclassique. On accorde le violon d'Ingres pour de nouveaux caprices. Rabbe voit tout cela, ce mouvement coloré de marée qui monte et, jusqu'à sa mort, il ne cessera d'en tracer le portrait fidèle dans *Le Courrier français.*

L'ange familier.

Dans les dernières années de sa vie, le maudit trouve une consolatrice. Une servante au cœur simple, une jeune fille au bonnet brodé, nommée Adélaïde, Picarde tôt fanée qui voue au malheureux un amour dévotieux. Dans une lettre à Mme X, datée du 8 mai 1828, Rabbe se plaint : « Madame, il y a chez moi une personne malade, presque agonisante et qui n'a peut-être que peu de jours à vivre. Depuis une semaine tout entière, le marteau de vos ouvriers l'a privée de tout repos. J'ai pu supposer, durant les premiers jours que vous ignoriez cette circonstance et par l'excès d'une délicatesse que je me reproche vivement aujourd'hui, je n'ai pas voulu vous la faire connaître. Je savais qu'il entrait dans vos arrangements domestiques de terminer vos réparations avant de partir pour la campagne et je craignais de vous contrarier beaucoup en vous obligeant à les suspendre. Mais depuis trois jours vous avez appris, j'en ai la certitude, que les douleurs d'un être souffrant sont cruellement aggravées par le bruit qui se fait chez vous : la moindre considération d'humanité aurait dû vous empêcher de le continuer... »

Trois jours plus tard, Adélaïde meurt, escortée dans l'au-delà par le tapage de la bonne conscience d'une propriétaire impitoyable. Cette mort l'achève. L'ange qui lui ouvrait la route a rejoint sa patrie. Rabbe écrit à Charles Nodier : « Je l'ai perdue et avec elle la meilleure part de ma vie et le dernier des biens qu'il m'était sans doute réservé d'avoir en ce monde. Je l'aimais comme ma fille et j'étais tout pour elle. J'étais son père, sa famille, son asile, elle m'eût suivi dans un désert. » Il écrit en des termes voisins à l'écrivain Joseph Méry, à Victor Hugo. Dans une notice qui fut pillée par Alexandre Dumas dans ses *Mémoires*, Méry écrira que Rabbe ne s'est pas tué mais qu'il avait « laissé tomber sa vie comme un intolérable fardeau ». On ne sait si la mort lui vint d'une dose de laudanum, d'un arrêt du cœur ou de l'immense fatigue de ne pouvoir résoudre la charade folle de l'existence. Au début de l'année 1830, sur la pointe des pieds, Rabbe à son tour s'éloigne...

ET LE PEUPLE ÉTAIT DIEU

La vocation de M. Féli.

Hugues-Félicité-Robert de Lamennais (plus tard « M. Féli » pour ses amis) naît à Saint-Malo le 19 juin 1782. Dès l'âge des jeux, il se retire à l'écart pour étudier. Mais il veut le faire seul, remonter à sa guise le fleuve Amazone du savoir. Un fleuve profond et sombre où l'appellent des idées chanteuses, des théories saintes, des intuitions qui dansent. Il est malingre mais d'une sensibilité électrique. Il a peu de livres encore à sa disposition, son esprit est un radeau de fortune qui l'entraîne vers un vertige fondateur. Comment pourrait-il supporter la férule de ses maîtres ?

Un oncle prend la relève, dans une maison sise près de Dinan, La Chênaie, qui deviendra célèbre, sorte de Port-Royal-des-Champs breton, dans les années 1830. Maurice de Guérin, disciple sudiste de Lamennais – il arrivait du Cayla, situé près de Gaillac, pays « grillé par un soleil sans fécondité » selon Barbey d'Aurevilly mais où le jeune poète lira les traces du *Centaure* et de *La Bacchante* – décrira cette maison dans une lettre adressée à M. de Bayne le jour de Noël 1832 : « La Chênaie est une sorte d'oasis au milieu des steppes de la Bretagne. Devant le château s'étend un vaste jardin coupé par une terrasse plantée de tilleuls, avec une toute petite chapelle au fond. [...] À l'orient et à quelques pas du château, dort un petit étang, entre deux bois peuplés d'oiseaux dans la belle saison ; et puis à droite, à gauche, de tout côté, des bois, des bois, partout des bois. C'est triste maintenant que tout est dépouillé, que les forêts sont couleur de rouille, et avec ce ciel de Bretagne toujours nuageux et si bas qu'il semble vouloir vous écraser... »

Félicité réclame plus qu'il ne la subit la punition favorite de l'oncle : un séjour prolongé dans la bibliothèque. Là, dans la lumière un peu moisie, il peut à loisir ouvrir et dévorer l'un des milliers de livres dont les dos de cuir doré brillent devant ses yeux. Par quel détour rencontra-t-il le pluvieux Rousseau ? En tout cas, les ouvrages du Genevois s'accordèrent miraculeusement à son climat de Celte. Son inquiétude y trouvait les aliments qui, tour à tour, l'apaisaient et l'exaltaient. Alors, il appelait Voltaire à la rescousse.

En 1802, quand paraît *Le Génie du christianisme*, le jeune homme s'enthousiasme avec distance. S'il admire le talent lyrique de Chateaubriand, il lui trouve peu de profondeur, peu de racines. Il lui préfère de Bonald, nobliau de Millau, dans l'Aveyron, rallié à Napoléon après avoir émigré, et qui occupera de hauts postes sous la Restauration. De Bonald, le La Boétie de Joseph de Maistre, qui lui dira : « Je n'ai rien pensé que vous ne l'ayez écrit ; je n'ai rien écrit que vous ne l'ayez pensé », est l'auteur de la *Théorie du pouvoir politique et religieux dans la société civile* (1796), de l'*Essai analytique sur les lois naturelles de l'ordre social* (1801) et de la *Législation primitive considérée dans les derniers temps par les seules lumières de la Raison* (1802), ouvrage qui fait de lui l'ancêtre du structuralisme linguistique. La toute-puissance du verbe y est illustrée par cette formule : « Il est nécessaire que l'homme pense sa parole avant de parler sa pensée. »

Le 25 février 1804, le frère de Félicité devient prêtre. C'est un bouleversement pour le cadet. L'homme noir et carré, ce Jean-Marie que l'on appelle simplement « l'abbé Jean », fascine le mauvais élève ivre de lectures disparates et pernicieuses. Ensemble ils vont rédiger des ouvrages. L'aîné les alimente. Félicité les met en forme. Il y jette toute l'ardeur qui le consume et qui ne trouve pas d'emploi auprès des jeunes filles de Saint-Malo. En effet, l'adolescent farfadet les effraie par sa mine farouche et les amuse par son visage pointu d'Arlequin. Les étreintes que son beau cousin Thomas n'a pas à mendier, lui les souffre entre ses propres bras, dans l'ombre et le remords. Puis il se détache peu à peu des servitudes du corps. À force de renonciations, il veut tremper son âme. Et, à ces altitudes, dépris des apparences, à son tour il trouve la foi. Il entre dans les ordres sans avoir fréquenté le séminaire, sans mission bien précise, dispensé de tout ministère, dans l'espoir qu'il deviendra un nouveau père de l'Église. Il s'attelle à la tâche qu'il s'est fixée, lutter contre le gallicanisme rampant.

En 1814, il a reproché à la Charte de ne pas protéger exclusivement l'Église catholique, d'admettre en somme la liberté de conscience. Peu à peu, d'ultra-royaliste qu'il était, par atavisme et climat, il se muera en ultramontain. Dans le sillage de de Maistre, il proclamera la souveraineté universelle du pape, sa prédominance sur les rois. En 1817, Lamennais devient célèbre avec son *Essai sur l'indifférence en matière de religion* dont les premières lignes rendent un hommage vif à Pascal : « L'esprit humain a ses époques de sagesse et de vertige, de grandeur et de décadence comme la société ; et la société elle-même n'est assujettie à ces révolutions diverses que parce qu'elles sont naturelles à l'esprit humain, dont elle partage invariablement les destinées. Cette vérité, qui, en liant la morale à la législation, donne aux théories politiques une base fixe, n'avait point échappé au génie perçant de Pascal. Personne n'a mieux connu le pouvoir de l'opinion, qu'il appelle la reine du monde ; et l'on concevra qu'il ne dit rien de trop, si l'on entre un peu avant dans sa pensée, et qu'on n'entende par opinion les doctrines dominantes... »

Chateaubriand et Lamartine saluent le livre autant pour ses formules d'airain que pour son inspiration. Joseph de Maistre proclame que « son apparition est un tremblement de terre sous un ciel de plomb ». Lamennais affirme la prédominance de la religion sur la loi humaine. « Il faut, dit-il, que l'homme soit d'abord en société avec Dieu pour pouvoir entrer en société avec ses semblables. » Il accomplit son premier voyage à Rome, où le pape Léon XII, bouleversé par ce jeune héraut de la triple couronne, le nomme cardinal *in petto*, c'est-à-dire dans l'intimité du cœur – sous le joug communiste, les cardinaux de l'Est furent désignés de la même façon.

Peu à peu, revendiquant d'abord l'indépendance de l'Église par rapport à l'État, puis sa liberté, Lamennais devient le fondateur du libéralisme catholique. Le génial traducteur, en 1825, de l'*Imitation de Jésus-Christ*, crée avec ses amis Gerbet, Lacordaire et Montalembert, le journal *L'Avenir* (octobre 1830, quatre mois après les trois Glorieuses). Grégoire XVI condamne le mouvement, par l'encyclique *Mirari Vos*, le 15 août 1832, puis, succédant à la publication des *Paroles d'un croyant*, par l'encyclique *Singulari Nos* en juillet 1834. Un à un les compagnons de Lamennais vont se soumettre, l'abandonner, échappant ainsi à la contradiction d'essayer d'obtenir de l'autorité suprême la reconnaissance d'une doctrine libérale. L'abbé Gerbet deviendra évêque de Perpignan et rédigera, pour Pie XI, le schéma du *Syllabus*. Montalembert se réfugiera dans l'éloquence. Il donnera en 1836 une *Histoire de sainte Élisabeth de Hongrie*, sujet que traitera également Franz Liszt dans son oratorio, *La Légende de sainte Élisabeth*. Quant à Lacordaire, auquel Baudelaire rêvera de succéder à l'Académie, il fera paraître au moment de la rupture une lettre ouverte qui contient ces mots bouleversants : « Pleure sur le mort parce qu'il s'est reposé. » Ce qui veut dire : parce qu'il ne peut plus mourir pour Dieu, parce qu'il est mort aux yeux de la foi, parce que l'achèvement de son repos en fait un errant immobile, à jamais privé d'espérance. Comme Montalembert, Lacordaire s'est enfui de nuit de la Chênaie, sans dire au revoir à Féli.

À partir de son désert, Lamennais se lance dans une action où le politique se confond avec le religieux. Le peuple lui apparaît avec une évidence chaque jour plus grande comme le seul, le vrai dépositaire du testament de Dieu, le seul capable de mettre en œuvre les enseignements de Yeshoua de Jérusalem. Avant de mourir, il traduisit les *Évangiles* et *La Divine Comédie.* Le 17 février 1854, il rendit son âme sauvage. Il fut jeté, selon son vœu, dans la fosse commune du Père-Lachaise. Montalembert écrivit à l'abbé Jean : « S'il avait voulu embrasser le parti des Rois et des Puissants, il y a longtemps qu'il eût été cardinal, comblé d'or et d'honneurs. Ayant préféré la cause des pauvres et des opprimés, il s'est lui-même condamné à la misère et à l'abandon général. »

Le derviche tourneur du verbe.

À propos de Lamennais, Ramon Fernandez note dans *Itinéraire français* que son génie littéraire est plus passionné que lui-même. Une nouvelle sincérité s'affirme ici, celle de l'écriture. Comme indépendante du cœur qui la dicte, de la main qui la trace, la phrase restera blanche s'il lui plaît ou s'étourdira de ses propres reflets.

Lamennais est un homme froid qui s'échauffe en écrivant. Pas si éloigné du Calvin de *l'Institution de la religion chrétienne.* Tempéraments secs, insulteurs, bibliques. Hommes noirs blancs de visage. Le front bas, le nez long, le poil raide, détournant vers les mots le silence menaçant de leur désir.

Mais Calvin détestait la musique et dédaignait les armes. Le jeune Lamennais, lui, pratiquait l'escrime et le piano. Peut-être doit-on à l'exercice assidu de ces deux disciplines les variations ferraillantes et les lames déferlantes des *Paroles d'un croyant.* Fernandez, pour définir le style de ce prophète transfiguré, écrit : « Si l'on ne craignait le blasphème, on irait même jusqu'à dire que, parfois, parfois seulement, ce style fait penser à Pascal, à un Pascal de fortune un peu délirant » (*Itinéraire français*, « Le romantisme religieux et social : Lamennais »).

C'est à peu près ce que pensait Sainte-Beuve qui, dans *Mes poisons*, compare l'âme de Lamennais à un vaisseau pirate où règnent les Furies. Ailleurs il dit : « Lamennais est à la merci de sa plume : elle ne sait qu'être violente et il ne sait que lui obéir. Il me fait l'effet d'un méchant enfant qui a un fusil plus gros que lui, chargé, et qui lui part dans les mains tout à coup : c'est le fusil qui l'emmène, qui l'emporte et non pas lui qui manœuvre le fusil. »

Il semble donc que, dès la parution des *Paroles d'un croyant*, l'enthousiasme des gens de lettres n'ait pas été au diapason de celui des ouvriers typographes qui pleuraient en composant l'ouvrage. Tout au long de la seconde moitié du XIXe siècle et durant le nôtre, l'écrivain Lamennais n'a pas été réhabilité. Paul Souday

(1869-1929) jette sur le livre le regard redoutable qu'il réserve à ses quotidiennes proies du *Temps* : « Je viens de relire *Les Paroles d'un croyant*, qui, je l'avoue, m'avaient fait dans ma première jeunesse, une impression assez forte. Je n'y ai rien retrouvé. Un pastiche de l'Écriture, versets, paraboles, apocalypse, sans queue ni tête, en style déclamatoire, ampoulé, frénétique, et pourtant banal : comme fond une série de lieux communs et tout cela, quoique ridicule, est avant tout ennuyeux. »

Le délicat Émile Henriot, qui fut longtemps le très respecté critique du *Monde* – trouve-t-on encore sa *Rose de Bratislava*, son *Aricie Brun ou les Vertus bourgeoises* ? – a dans ses *Romantiques* assez bien dépeint ce qui fera le succès public des *Paroles* et ce qui les inscrit à la charnière d'une histoire : « Ces paroles sont d'un prophète ; c'est une sorte de gens qui n'annoncent jamais que des catastrophes. Il y a certainement du souffle, de l'âpreté, de la couleur dans cette apocalypse 1830 ; mais cela sent terriblement l'artifice, l'enflure et, ce qu'il y a de pis, le système. On y voit les méchants enfermer les bons dans une caverne, des rois qui piétinent des crucifix, un autre qui boit du sang humain dans un crâne, d'autres blêmes de peur qui hurlent sur leur trône ; toute une défroque biblico-romantique, qui fait penser à la fois à Young, à Ann Radcliffe et à Petrus Borel, le lycanthrope. »

En vérité, *Les Paroles d'un croyant* sont destinées à être lues à haute voix, psalmodiées. C'est une magnifique monodie, un chant solitaire à voix nue. Péguy s'en souviendra. On entendra, chez lui aussi, ce piétinement, ce refrain niais parfois. On devinera la volonté d'hypnotiser, de subjuguer. Voici, par exemple, le début du chapitre XXXVI :

> Jeune soldat, où vas-tu ?
> Je vais combattre pour Dieu et les autels de la patrie.
> Que tes armes soient bénies, jeune soldat !
> Jeune soldat, où vas-tu ?
> Je vais combattre pour la justice, pour la sainte cause des peuples, pour les droits sacrés du genre humain.
> Que tes armes soient bénies, jeune soldat !

Lamennais s'improvise ici derviche tourneur du verbe. Tout le barda du moine-guerrier résonne dans cette marche hallucinée. C'est la ronde de nuit du monde ancien. Une aurore va se lever d'entre ces phrases qui avancent comme la forêt de *Macbeth.* On entrevoit cette lueur dorée, coupante, glaive ou cimier. La discipline romaine conjuguée au prêche barbare des Druides. Un vieux fond de Corneille, un écho de Bossuet, mêlé à l'imagerie sonore des mystères et des miracles. Écoutons ce chant de l'exilé :

> Il s'en allait sur la terre. Que Dieu guide le pauvre exilé !
>
> J'ai passé à travers les peuples, et ils m'ont regardé, et je les ai regardés, et nous ne nous sommes point reconnus. L'exilé partout est seul.
>
> Lorsque je voyais, au déclin du jour, s'élever du creux d'un vallon la fumée de quelque chaumière, je me disais :

Heureux celui qui retrouve le soir le foyer domestique, et s'y assied au milieu des siens. L'exilé partout est seul.

Où vont ces nuages que chasse la tempête ? Elle me chasse comme eux, et qu'importe où ? L'exilé partout est seul.

Ces arbres sont beaux, ces fleurs sont belles ; mais ce ne sont point les fleurs ni les arbres de mon pays : ils ne me disent rien. L'exilé partout est seul.

Ce ruisseau coule mollement dans la plaine ; mais son murmure n'est pas celui qu'entendit mon enfance : il ne rappelle à mon âme aucun souvenir. L'exilé partout est seul.

Ces chants sont doux, mais les tristesses et les joies qu'ils réveillent ne sont ni mes tristesses ni mes joies. L'exilé partout est seul.

On m'a demandé : Pourquoi pleurez-vous ? Et quand je l'ai dit, nul n'a pleuré, parce qu'on ne me comprenait point. L'exilé partout est seul.

J'ai vu des vieillards entourés d'enfants, comme l'olivier de ses rejetons ; mais aucun de ces vieillards ne m'appelait son frère. L'exilé partout est seul.

J'ai vu des jeunes filles sourire, d'un sourire aussi pur que la brise du matin, à celui que leur amour s'était choisi pour époux ; mais pas une ne m'a souri. L'exilé partout est seul.

J'ai vu des jeunes hommes, poitrine contre poitrine, s'étreindre comme s'ils avaient voulu de deux vies ne faire qu'une vie ; mais pas un ne m'a serré la main. L'exilé partout est seul.

Il n'y a d'amis, d'épouses, de pères et de frères que dans la patrie. L'exilé partout est seul.

Pauvre exilé ! cesse de gémir ; tous sont bannis comme toi : tous voient passer et s'évanouir pères, frères, épouses, amis.

La patrie n'est point d'ici-bas ; l'homme vainement l'y cherche ; ce qu'il prend pour elle n'est qu'un gîte d'une nuit.

Il s'en va errant sur la terre. Que Dieu guide le pauvre exilé !

Les Paroles d'un croyant, XLI.

HUGOLIENNES

Une farce du jeune Hugo.

Plus que d'autres, le romantisme a mérité le nom de mouvement littéraire. Perpétuel aller et retour lyrique entre l'aspiration au beau, à l'ineffable, au suave, et l'attrait du grotesque, du difforme, de l'insoutenable. Mais le fléau de cette balance est d'or. Son ombre s'étend avec la même mansuétude sur les deux plateaux, le sublime et l'horrible, et ses oscillations confondent dans une seule mesure des domaines apparemment ennemis. Nul courant artistique, on le sait, n'a davantage été lié à la géographie que celui-ci, ni davantage été tributaire du climat. C'est une création dominée d'une façon presque simpliste, élémentaire, par les effets du choc des pôles, du nord et du sud, du blanc et du noir, du glacé et du brûlant, du paradis et de l'enfer, du bien et du mal. Grimoire griffonné comme malgré lui par un simple qui ne peut répondre que par oui ou par non et qui, dans l'intervalle, chante leurs mille variations.

Hugo, par exemple, est un batteur de tam-tam, un ensorcelé du rythme, un faiseur d'énigmes, un fomenteur de pluie, un roi né d'une vache, un griot ouvreur de gris-gris. Il écrit avec l'encre des poulpes, avec le sang des règles, avec les humeurs des forcenés, avec les larmes des fous. Son frère Eugène rit dans ses rêves, le colérique général, comte Hugo, bataille dans ses cauchemars. L'Espagne de Goya colonisée par Bonaparte coïncide dans les chimères du jeune poète avec les plaines nordiques, comme fossilisées par les inlassables chevauchées des génies des fables, ces sagas qui frémissent en filigrane dans *Han d'Islande.*

Ce sens du plus-que-parfait mêlé à l'appréhension du presque, cette approche brouillonne, éperdue, de l'acte poétique, cet emportement de sève, cette érection permanente du verbe qui porte le jeune homme, fiancé depuis peu et que sa virginité leste d'un poids trop lourd, aussi encombrant que le satyriasis de Mirabeau, se marient curieusement avec une tentation de parodie, une gourmandise de la niche, un éclat de rire qui résout le désir insatisfait en même temps que le poignet sur la feuille blanche tressaute.

C'est l'explication de la farce un peu idiote et merveilleuse faite à Adèle un jour d'avril 1822, que rapporte ainsi le chapitre XXXVIII de *Victor Hugo raconté par un témoin de sa vie* : « Un jour Victor apporta à sa fiancée un papier soigneusement plié et épinglé. Elle crut qu'il contenait quelque fleur précieuse et l'ouvrit avec précaution ; il s'en échappa une chauve-souris. Elle eut grand-peur et ne pardonna cette vilaine surprise qu'en lisant les vers écrits sur le papier. »

Il n'est pas sûr que l'ode intitulée « La chauve-souris », la cinquième du cinquième livre des *Odes*, ait été de nature à rassurer la trop prudente Adèle. Ce poème est placé sous le signe du révérend Maturin, l'auteur de *Melmoth*, et d'une tragédie, *Bertram*, traduite par Nodier, à laquelle Hugo emprunte son épigraphe : « Que me veux-tu ? Un ange planait sur mon cœur, et tu l'as effrayé [...] Viens donc, je te chanterai des chansons que les esprits des cimetières m'ont apprises. » Il est la description d'une lutte lointaine. La jeune vierge que, dit Hugo, « le ciel comme un ange envoya dans ma vie », viendra tremblante et curieuse, de son rire effrayer la « sœur du hibou funèbre et de l'orfraie avide ». Elle le désabusera des sortilèges circulaires du « triste oiseau », éloignera ce vol incessant qui « sème une odeur de tombe et de poussière humaine » de la gloire naissante du poète. Ce n'est qu'au moment des noces que la messagère des spectres réveillés pourra revenir :

> ... troublant la douce fête,
> Joyeuse, déployer tes ailes sur ma tête,
> Ainsi que deux voiles de deuil !

s'exclame Hugo avec l'emphase prophétique d'un mage adolescent. Mais c'est dans le ciel d'un autre mariage que la chauve-souris a finalement obéi au futur père de Léopoldine.

La table des voix.

Séance de table parlante à Jersey. Nous sommes au soir du 24 avril 1854. Depuis le 11 septembre de l'année précédente, Victor Hugo a la certitude que c'est Léopoldine qui se manifeste par les secousses portées au guéridon parleur à trois pieds posé sur la grande table du salon. Un coup veut dire « a », deux « b », trois « c », etc. Un coup isolé pour une réponse veut dire « oui », deux coups « non ».

Le gros Charles Hugo, jeté de jour comme de nuit sur le canapé qui lui sert d'univers, ne consentant qu'à de brèves promenades poussives sur un rivage dont la seule vue lui embourbe l'esprit, prend, lors de ces soirées, une éclatante revanche sur le Génie paternel. Il est le voyant, l'indispensable médium. Et ce qu'il dit, c'est la bouche d'ombre de l'océan des disparus qui le proclame. Léopoldine donc, mais aussi Chénier qui dicte des vers, l'ânesse de Balaam qui évoque l'échelle des êtres, Shakespeare, la Mort, le Christ, Platon.

La voix de Charles traduit, de Charles le raté qui, au long de ces séances, devient, grâce au formidable écho de l'éternité entrouverte sous ses doigts, un grand poète, le double immense et dissimulé du père. Devant un Victor Hugo éperdu qui entend ses propres questions exprimées dans son propre rythme, avec quelque chose de plus impérieux encore, de plus haletant, de plus féroce, Charles, ce 24 avril, est le Drame. Il interroge, les mains à plat sur le trépied : « Pourquoi, vous, poètes, parlez-vous toujours avec amour des roses et des papillons et jamais des chardons, des champignons vénéneux, des crapauds, des limaces, des chenilles, des mouches, des vers, des acarus, des vermines, des infusoires ? Assurément, ce sont là des êtres malheureux ; et les cailloux et les coquillages donc !

Pourquoi ne parlez-vous pas des punaises ? des puces ? des poux ? des scolopendres ? des scorpions ? des cancrelats ? des cloportes, des crabes, des homards, des oies ? Pourquoi ne plaignez-vous pas les tortures des infiniment petits, condamnés à être l'excrément de l'infiniment grand ? [...] Pourquoi plaignez-vous Pellisson et ne plaignez-vous pas son araignée ? Pourquoi plaignez-vous les esclaves que les Romains jetaient aux murènes et ne plaignez-vous pas les murènes ? Pourquoi plaignez-vous les chrétiens du cirque et ne plaignez-vous pas les bêtes ? Pourquoi plaignez-vous Job et ne plaignez-vous pas sa lèpre ? Pourquoi plaignez-vous ce qui est gracieux dans la souffrance et ne plaignez-vous pas ce qui est difforme dans l'expiation ? Pourquoi avez-vous de la pitié pour la matière organisée et non pour la matière brute ? L'une et l'autre sont à plaindre ; le fer souffre, le bronze souffre ; le carcan souffre ; le chevalet souffre, le brodequin souffre, le canon souffre, le couteau de la guillotine souffre... » La séance du dimanche 28 mai de la même année met en scène le cadavre de Louis XV, autrement dit Satan ou le Maudit, crucifié par les quatre clous de son cercueil. Le premier clou prend la parole : « Je suis le clou de fer, j'arrive d'où tu viens. Renais, monstre ! Je suis le clou de Damiens [...] Tu seras fer. »

Le second clou martèle : « Et je marque ton âme avec ton effigie. Tu seras or. »

Le troisième enchaîne : « Damné, moi je suis le granit. [...] Vivant tu fus égout, mort tu seras prison. » Enfin, le quatrième clou donne le coup de grâce : « Moi je suis l'ongle humain. Misérable fantôme, tu vas tout expier. »

La survenue du cadavre défiguré, putride, du pharaon du parc-aux-cerfs fait curieusement écho au grand roman de Petrus Borel, commencé en 1833 et publié en 1839, *Madame Putiphar* (c'est la Pompadour, dépeinte sous ses traits natifs et poisseux d'Antoinette Poisson, sorte de Sémiramis aux yeux de vache, à la vulve de feu), roman qui se situe dans la postérité de Donatien de Sade. Dans ces pages, le Bien-Aimé est représenté à peu près sous les traits de Saint-Fond tel que Juliette dans *Les Prospérités du vice* honteusement l'honore et qui jouit en blasphémant. Encore, dans l'épopée du divin marquis, ne s'agit-il que d'un ministre !

C'est étonnant, cette obsession qui revient rôder autour du guéridon magique, du souverain paillard, ogresque, tel qu'en lui-même enfin Hugo ne se reconnaît que trop ! (Lire ses carnets de blanchisseuse où les pipes tarifées, monotonement, se succèdent.) À d'autres moments, Napoléon III prend la place de Louis XV dans la cohorte des maîtres indignes. Mais une allusion à Voltaire donne la clé, justifiant l'exil du poète, de tout poète : « Les poètes chantent les rois, dit la bouche d'ombre, et quand la Pompadour a fini de baiser les ulcères de Louis XV, Voltaire vient mendier le sourire de ces baisers. »

LE DIABLE SORTIT À CINQ HEURES

Le postulat du diable.

Au début du XIXe siècle s'épanouissent comme des bulles sur un fleuve de boue les fictions diaboliques. La tragédie ayant fait faillite, le mélodrame, comme on l'a vu, s'installe sur ses ruines, ultime avatar du genre de la comédie héroïque – Shakespeare, Lope de Vega, Calderón – qui a surtout fleuri sous Louis XIII. Satan est à la mode (Petrus Borel dirigera un journal portant ce titre en 1844), qu'il se présente dans tout l'apparat de sa cruauté ou sous les traits de l'une de ses créatures, le traître par exemple, personnage indispensable du mélo avec la femme vertueuse frappée par l'infortune et le bouffon, simple soldat ou paysan, placé en arrière-plan pour divertir le public.

Aussi, comment ne pas se soûler de cette liqueur sombre alors que les rues regorgent de rescapés des boucheries impériales, de mutilés arborant fièrement sous les risées des enfants la rouge Légion d'honneur et, quelque part, dans la brume de leur regard, le reflet lointain de l'or répandu par le soleil d'Austerlitz ? Comment ne pas remonter plus haut encore, vers l'éclat multiplié jusqu'à l'assourdissement du couteau qui, avant même de tomber, emplit l'air lourd de sa menace ? Les lecteurs, les spectateurs, les auteurs de ces fables fébriles ont, tous ou presque, enfants, vu fonctionner la machine à Guillotin. Ils ont subi le bruit somnambulique de la charrette, les cahots qui jettent les uns contre les autres pour des étreintes de pantins les condamnés que l'on siffle, sur qui l'on crache, sans savoir que l'on se damne.

Nul artiste de ce temps ne peut échapper au postulat du diable. À cette présence parmi nous du mal fait homme, à cette ambiguïté de clair-obscur, à ce sillage impalpable qui ne laisse de trace que dans les cœurs détruits. Mais du démon chanté par Byron : « Ô ciel ! sauf celui qui l'avait créé, quelle beauté et quelle puissance fut jamais comparable à celle de Satan ? » *(Le Ciel et la Terre)* à celui, de médiocre envergure, que notre siècle raille ou renie, que de distance ! Le plus beau des immortels après Dieu, « le plus parfait type de Beauté virile – à la manière de Milton », pour citer Baudelaire, est devenu un être mesquin, il a rapetissé, s'est ranci, quittant l'épopée pour le feuilleton grisâtre. Il peut prendre désormais l'apparence d'un maquignon pressé, par exemple, dans le premier roman de Georges Bernanos *Sous le soleil de Satan.* Mais dans ses extases souffrantes, chaque vendredi d'une longue vie, cette mystique d'un autre âge nommée Marthe Robin dira que le démon qui la tourmente possède une grâce merveilleuse, une beauté grave, presque insoutenable, et cette vision de l'ange déchu coïncide avec les descriptions plus profanes des grands Romantiques.

La beauté de Satan.

Satan ne verse pas de larmes. Il est mâle et fier. Il voyage sans cesse. C'est un Caïn nomade, bâtisseur déguisé en représentant de commerce. Mais il n'a rien à vendre que du vent, de la verroterie, des vers, de la vengeance. Il offre une revanche sur le réel. Or la réalité, c'est lui. La boue, c'est lui. Le monde et ses soubresauts, ses échos, ses fracas, ses batailles et son silence de mort, c'est lui. Il monnaye ses propres pièges. L'âme qu'il achète, il la possède déjà. Tous les pactes que l'on peut passer avec lui sont des leurres, des chiffons de papier qui brûlent en douce, interminablement, comme le sang de celui qui va signer son nom. Il apposera, le malheureux, sa griffe sur de la cendre. C'était écrit de toute éternité...

La familiarité avec le Démon engendre une forme particulière d'expression, une suite d'images décousues, qui discordent, tremblent, comme agitées de la buée d'une émotion perdue. Comme on ne peut reconnaître, dira André Breton, « l'ennemi du genre humain qu'à l'éclat et au langage bouleversant de ses yeux gris ». Mais, lorsqu'il parle, c'est un murmure de désespoir fier. On entend une tonalité assourdie, une confidence presque humaine, trop humaine. C'est cet intervalle, cet écart, cette marge, que les Romantiques, à la suite de Milton, de Byron, de Goethe et de Schiller, vont illustrer en personnages ou en situations, en verbe qui veut passer outre, en perpétuels enjambements de genres et de frontières.

Et, peu à peu, la cruauté de Satan fera place à son orgueil inutile, à sa tristesse inconsolable, à sa beauté, reflet trouble de la beauté de Dieu.

Balzac-Faust.

Comme l'indique Émile Henriot dans ses *Romantiques*, Satan est le héros symbolique du siècle « en qui se réunissent et se confondent [...] le séducteur Don Juan, l'inquiet Faust, Manfred le révolté : à la fois le désir, l'objection et le malheur ». Il ajoute : « Né des terreurs du Moyen Âge, la conception chrétienne du diable s'est puissamment modifiée et diversifiée au dix-neuvième siècle, où, selon la foi du moment, la poésie s'est emparée du personnage et l'a remodelé à ses fins sous trois espèces : Satan tel qu'on le craint, Satan tel qu'on le blague, Satan tel qu'on le plaint. »

Pensons à Balzac, interrogeons-nous sur le mystère inexpliqué de cette vocation, sur l'essence de sa vision, sur l'implacabilité presque blasphématoire (il écrit revêtu de bure) de son labeur. Balzac a toujours proclamé que l'artiste ne s'appartenait pas, qu'il était le jouet d'une force éminemment capricieuse. Dans une lettre à Victor Ratier datée du 21 juillet 1830, il évoque la vie à laquelle il renonce pour obéir à un pacte indicible, vie de primitif mais aussi de révolté. Et c'est déjà le ton de Rimbaud :

> Oh ! mener une vie de Mohican, courir sur les rochers, nager en mer, respirer en plein air, le soleil ! Oh !

> que j'ai conçu le sauvage ! Oh ! que j'ai admirablement compris les corsaires, les aventuriers, les vies d'opposition ; [...] Oh ! quand on voit ces beaux cieux, par une belle nuit, on est prêt à se déboutonner pour pisser sur la tête de toutes les royautés.

Dans son *Balzac visionnaire*, Albert Béguin donne la clé de *La Comédie humaine* en quelques mots : « Je suis persuadé pour moi que non seulement Balzac ajoutait créance à l'immixtion du démon dans les affaires de la terre, mais que la pensée de cette redoutable influence ne l'a guère quitté tout au long de sa vie. Les modes qu'il suivait, roman noir ou imagination hoffmannesque, ne demeuraient jamais chez lui de simples sources d'invention. »

Un suicidé exemplaire.

Attardons-nous un instant sur l'un des nègres de Balzac, qui fut aussi l'un des modèles du *Chatterton* de Vigny, Charles Lassailly, auteur des *Roueries de Trialph, notre contemporain avant son suicide*, publié en 1833 chez Silvestre et qui porte en exergue une profession de foi annonçant Jean Tardieu :

Ah !
Eh ! hé ?
Hi ! hi ! hi !
Oh !
Hu ! hu ! hu ! hu ! hu !

La vie de Lassailly fut un mauvais jeu de mots fait sur son nom par le destin. À vingt ans, il sort comme un diable d'un chaudron petit-bourgeois qui mijote à Orléans, fait irruption dans le monde parisien des Lettres et s'y rend vite célèbre pour son nez, beaupré bravant l'horizon. Les chaloupés de la bousingue et les fiers Jeune-France y croient voir, en chair plus qu'en os, l'appendice formidable de Cyrano. Salons, cénacles, salles de rédaction, voilà ses terrains de bataille. Il jette toute sa flamme dans un ouvrage où la parodie se mêle au sarcasme, sorte de théâtre cruel et dérisoire, de Faust bravache où se profile l'ombre à venir du comte de Lautréamont. Il s'agit donc de ce Trialph, nom qui vient de *trielph*, expression danoise signifiant gâchis. Une longue préface, où le héros annonce son suicide, est l'occasion pour Lassailly de régler quelques comptes et de s'affirmer avec un orgueil byronien comme l'artiste infatigable, face aux impuissants confrères qui fatiguent le siècle de leurs propos oiseux, de leur littérature en lingots. Dès la page 10, le narrateur s'écrie :

> Moi, je suis né avec le besoin de passions fortes et aventureuses. Le sang que j'ai ne coule pas sans bouillonner. Je deviens malade à me conduire sagement. J'ai trop rêvé de vertu d'ailleurs pour être vertueux ; car mes rêves, mes inspirations d'enthousiasme dépassent toujours mes plus grands efforts ; et pour qui serais-je heureux ? Je n'ai de Dieu qu'à force de raisonner ; je n'ai de patrie que si j'y crois ; je n'ai de famille que dans les conditions d'arriver au bonheur ; je n'ai d'amis que pour être dupe ; je n'ai un nom que comme étiquette d'un sac vide.
>
> J'ai tout désaimé !

Lui qui a, dans ses premiers écrits, quelque peu tête molle, mirlitonné la campagne lamartinienne et versifié en *la* mineur les tristesses de son âme, est pris d'une fureur qui ne ménage rien. Lassailly a casé à la page 200 un poème rescapé de sa jeunesse, si proche encore, une ballade intitulée « Le Message », « la crème de mon romantisme, la meringue de mes œuvres fugitives » dont voici les premiers vers (on n'est pas loin du *Cœur sous une soutane* de Rimbaud) :

Sylphe léger, le ciel est pur.
Prends ta baguette de topaze,
Revêts ton écharpe d'azur :
Vole, sur tes ailes de gaze,
Aux lieux où j'ai reçu le jour...

Ce roman est l'histoire d'un mourant pris dans les tournoiements lustrés d'un bal, épuisé par la lutte qui se joue dans son esprit entre l'Analyse et la Synthèse, entre ces deux sexes qui forment l'espèce humaine, l'Esprit et la Matière. De la page 230 à la page 259, il s'agit, comme dans la cinquième partie de la *Symphonie fantastique* d'Hector Berlioz, du « songe d'une nuit de sabbat ». « Nuit ! nuit ! nuit ! nuit ! des ténèbres ! des espaces ! le noir ! le vague ! le creux ! le profond ! l'impalpable ! le vide ! l'absence même du chaos !... »

Entraîné dans une tourmente de soleil, dans la coulure de la mer, il voit la terre se dérouler sous ses pieds, et le temps recommencer depuis sa naissance. Le ton devient prophétique. Poète-Christ, poète-archange, Trialph, après avoir survolé les civilisations, et les grains de sable des têtes d'hommes roulant vers l'abîme, contemple le Paris où il a souffert, et au chapitre XLVIII, il assiste, dit-il, à l'enfantement de ce siècle (le XIXe) « et c'étaient deux monstres, l'Athéisme et la Prostitution, qui lui donnèrent naissance ».

Lassailly, comme les jeunes gens de son époque, Nerval, Borel, Gautier, admire Bonaparte et Byron. Il ajoute à ces deux héros le comte de Saint-Simon, dont il a fréquenté l'utopie, en compagnie du colossal et rieur père Enfantin, sur les hauteurs de Ménilmontant.

Nous apercevons aussi, dans la suite, les mains sanglantes de Robespierre. Hercule fait l'éloge de l'auteur du *Corsaire* et de *Don Juan.* Et puis, nous parvenons aux enfers où Satan accueille Trialph : « Je devine que tu as eu l'intention, lui dit le diable philosophe, non pas d'écrire un roman, mais presque une épopée, à la manière de Dante. Seulement tu envisages les choses en critique, et tu te moques des inconséquences comme on abat des noix. Ô Trialph ! n'es-tu pas une espèce de Don Quichotte, amoureux de ton sujet, comme lui de sa Dulcinée. Il combattait pour elle, avec les moulins à vent. Toi, tu donnes des coups de plume dans toutes les fantasmagories qui bordent la route de ton pèlerinage... »

Et lorsque Satan lui demande comment il compte se tirer du labyrinthe où il s'est égaré, Trialph, superbe, répond : « Par des extravagances méditées, par des combinaisons de drames ridicules, par des effets pitoyables qui intéresseront probablement. »

Après des péripéties parfois confuses – chapitres qui courent la poste, qui passent du pastel à l'eau-forte –, le livre se termine par des mots teintés d'espérance. Mais quel écho pouvait bien recueillir cet épais brouhaha, secoué de ricanements, ces morceaux disparates où l'on circule d'une chaste idylle à des cosmogonies véhémentes ? Trialph, décidément le bien nommé, n'était pas assez roué pour son siècle. Le roman n'eut aucun succès. Et Lassailly, après un séjour chez le docteur Blanche, ne désira plus, un 14 juillet, respirer l'air du temps.

La nuit même a ses couleurs.

Jules Janin, cela sonne comme un hululement jaune et lointain. Plus tard il sera cet oiseau de Minerve qui prend son vol au crépuscule des Boulevards. Posant son vaste séant dans quelque loge en vue, secoué d'un rire sec, il regardera plus volontiers naufrager que triompher les spectacles offerts à son minutieux feuilleton du lendemain.

Lorsqu'il publie en 1829 à vingt-cinq ans *L'Âne mort et la Femme guillotinée*, Janin agit comme un jeune libertin qui enterre sa vie de garçon. Mais il restera toute sa vie célibataire, sorte de poussah à la barbe fleurie, l'un de ces merveilleux célibataires du XIXe siècle, à qui on ne la fait pas et qui ponctuent leurs audaces d'un clin d'œil ou d'une tape dans un dos imaginaire (celui du lecteur qu'ils s'inventent dans une solitude rancie). Les femmes, au fond, leur inspirent un désir qui les opprime. Elles leur apparaissent comme des créatures chlorotiques, sans cervelle, soumises à d'âcres lunaisons sans cesse recommencées, qui bavardent comme d'autres chassent les papillons, dans l'espoir de capturer une idée, qui poussent dans l'ombre des mâles leurs murmures de guerre et s'apprêtent à déferler hors de leurs couvents, de leurs salons, de leurs bordels, sur les domaines réservés de la virilité. Cette espèce seconde et vagabonde les effraie. Leur vision de l'univers, c'est celle d'un monde désert « entre hommes », où l'on se raconte des blagues, où tout, insensiblement, dans la fumée des cigares et la rumeur des enfances, se transforme en blague. Et *L'Âne mort* en est une : adieu strident aux emportements qui nous ont roulés, aux fantasmagories des heures sombres, aux blessures exquises du plaisir. On va s'enfoncer dans les eaux froides de l'âge de raison, étreindre à jamais celle qui endort en douceur, signer un pacte avec le temps.

On avait des ambitions de Titan. Un signe au front nous distinguait comme le halo d'une lampe de mineur, l'unique fleuron d'une couronne de fou, l'œil central, perpétuellement hébété, du cyclope. On travaillait dans le noir, dans l'épaisseur des entrailles, dans les transes de la terre, dans le goulot natal, l'envers obscur de la contrée promise, dans nos propres galeries, nos souterrains, nos oubliettes, nos labyrinthes piranésiens. Et voici que nous vient l'envie prodigieuse d'en rire sous cape, de s'effrayer de ses propres échos à la fin d'un dîner entre amis – les chers lecteurs qui sont dupes avec tant de bonne grâce ! Il faut dire que l'époque est aux romans charognards, aux théories de spectres dans des cimetières lunaires, aux illustrations des anciennes frénésies d'une jeunesse emphatiquement naïve.

Par cette fiction qui hésite entre les délicatesses de Tony Johannot (qui l'illustra) et les fureurs de Gustave Doré, Janin répond aux tenants, plus ténébreux à ses yeux mais sans panache, de la « vérité littéraire ». Dans les reliefs hantés du romantisme finissant, dans ce soleil couchant qui ressemble à une tête fraîchement coupée dont les paupières d'ombre profonde cligneraient encore en un dernier tic de connivence, commence à s'instaurer l'idée que la réalité va renaître comme un nouveau jour, déployant une palette où chaque nuance de couleur sera définie une fois pour toutes.

« Quant à la vérité littéraire, s'insurge Janin dans la préface de son livre, c'est un véritable guet-apens tendu à la poésie. De bonne foi, où donc cette rage d'être vrais nous conduira-t-elle ? À mon sens, il devrait être permis d'être moins cruellement exact, de n'être pas forcé, à tout propos, de dire au lecteur : ceci est rouge, ou ceci est blanc, ou même encore de décomposer la couleur pour lui dire : ceci est violet ; les chefs d'école devraient en même temps ne pas exiger que, lorsqu'il est en présence d'un monument, le romancier compte, par exemple, le nombre des portes et fenêtres de l'édifice aussi exactement que le receveur de l'impôt direct. »

Le roman de Janin commence à la barrière du combat, où pourrissent « de vieux morceaux de cheval, des crânes à demi rongés, des cuisses saignantes, des entrailles déchirées, des morceaux de foie réservés aux chiennes en gésine ». Placé sous le signe de Sterne, mais dans la perspective d'une nature rembrunie, le récit se déroule de la mort de l'âne Charlot – c'est le surnom du bourreau, on appelle alors la guillotine « la machine à Charlot » – à l'ensevelissement d'Henriette la guillotinée au cimetière de Clamart : « Clamart est un cimetière, si l'on veut ; c'est un morceau de terre dans lequel on fait semblant d'enterrer quelque chose ; le prêtre ne l'a pas béni. Pour tout monument funèbre, on a élevé à Clamart un amphithéâtre de dissection. Par hasard, on a planté là-dedans plusieurs croix qui sont tombées d'elles-mêmes. Jamais les prières des morts n'y retentissent, jamais une fleur n'y est jetée ; si quelqu'un s'agenouille en ces lieux, il entend des voix invisibles qui hurlent à ses oreilles. Clamart, c'est le champ de repos des suppliciés ; ils y reposent deux heures à peine, ou, pour mieux dire, ils ne font qu'un saut de l'échafaud à la table de dissection. Dans ce champ inhospitalier, la sépulture n'est qu'un vain simulacre, la bière du mort n'est qu'un prêt qu'on lui fait : enseveli à cinq heures, il est dépouillé à sept heures de son linceul pour l'instruction des Dupuytren à venir. »

Finalement, le cadavre de la jeune condamnée, que le narrateur avait voulu sauver de l'horrible indiscrétion de la science, est volé par les fourriers de l'école de médecine. Le récit se termine par un cri : « Et voilà pourtant, malheureux que tu es [...] ce que tu as gagné à courir après l'horrible : plus d'espérance dans ton âme, plus de larmes dans tes yeux, plus de fleurs dans tes mains, plus rien même dans ce tombeau ! »

Balzac, dans *Le Voleur* du 5 février 1830, ajoutera un chapitre railleur au roman, « Le couteau à papier ». « Un artiste célèbre s'est chargé de me graver un âne mort sur un côté du manche, et une jeune fille de l'autre. Je suis sûr d'être à la hauteur de ce bon pacha qui, dans l'ode de M. Victor Hugo, pleure sur la mort de son tigre de Nubie », fait-il dire au narrateur qui l'a confectionné à partir du tibia d'Henriette.

Quant à Baudelaire, il reprochera amèrement à Jules Janin de tourner le dos au jeune homme qu'il fut, de se moquer, sur le chemin du Sénat où il finira par s'assoupir avant sa mort en 1874, des émois, des frissons, des terreurs qui lui dictèrent *L'Âne mort.* « Quand le diable devient vieux, il se fait... berger ! » s'écrie-t-il. Il ajoute : « Allez paître vos blancs moutons. À bas les suicides ! À bas les méchants farceurs ! On ne pourrait jamais dire sous votre règne : Gérard de Nerval s'est pendu, JANINO IMPERATORE. »

Pierre de soleil.

Petrus est le vrai prénom de Borel. Enfant, dans un jardin de Fez, je construisais des thermes avec des pierres blanches. J'étais romain, j'ai respiré l'air du règne de Tibère. Je sais que Ponce Pilate mourut dans le Forez, la région natale de mes pères. J'ai entendu crier les oies du Capitole.

Borel, cela évoque un beau rêve qui s'achève en râle. C'est un nom pétri de platitude bourgeoise mais où l'on entend souffler le vent de Septentrion, le fils d'Astrée et d'Éribée, Borée aux lourds brodequins, enfant ailé d'un manteau.

Né le 29 juin 1809 à Lyon, Joseph-Petrus Borel d'Hauterive passe les premières années de sa vie rue Notre-Dame-de-Nazareth, enfant pieux et doux. À la sortie du collège, à dix-neuf ans, il apprend le métier d'architecte pour plaire à ses parents. Il conçoit les plans du cirque du boulevard du Temple où il essaie d'imposer un style nouveau. Mais, moins heureux que dans le film de King Vidor, *Le Rebelle* où, sous les traits de Gary Cooper, revit Frank Lloyd Wright (même s'il porte un autre nom), notre génie solitaire qui, avant Rimbaud, a rêvé de villes féeriques, d'arches et de ponts suspendus par la seule intention du songe, doit rendre les armes aux assis du bâtiment. Il se lance dans la peinture, fréquente l'atelier d'Achille Devéria, rencontre chez Jehan Duseigneur ceux qui vont marquer sa vie, Gautier au visage d'Assyrien, Gérard de Nerval au profil d'ange, Théophile Dondey, le nègre blond, qui médite sous l'anagramme de Philotée O'Neddy des nuits de feu et de flamme où passe l'ombre du pauvre Young, Maquet, le véritable auteur de *Monte-Cristo* peut-être, Bouchardy, déjà vu. Le jeune Borel fait surtout impression, d'après Gautier, par sa pilosité généreuse : « Il y a dans tout groupe une individualité pivotante, autour de laquelle les autres s'implantent et gravitent comme un système de planètes autour de leur astre. Petrus Borel était cet astre. [...] Il était un peu plus âgé que nous, de trois ou quatre ans peut-être, de taille moyenne, bien pris, d'un galbe plein d'élégance, et fait pour porter le manteau couleur de muraille par les rues de Séville. [...] C'était une de ces figures qu'on n'oublie plus, ne les eût-on aperçues qu'une fois. Ce jeune et sérieux visage d'une régularité parfaite, olivâtre de peau, doré de légers tons d'ambre comme une peinture de maître qui s'agatise, était illuminé de grands yeux, brillants et tristes, des yeux d'Abencérage pensant à Grenade. [...] La bouche d'un rouge vif luisait comme une fleur sous la moustache et jetait une étincelle de vie dans ce masque d'une immobilité orientale. Une barbe fine, soyeuse, touffue, parfumée au benjoin, soignée comme une barbe de sultan, encadrait de son ombre noire ce pâle et beau visage. Une barbe ! cela semble bien simple aujourd'hui, mais alors il n'y en avait que deux en France : la barbe d'Eugène Devéria et la barbe de Petrus Borel ! Il fallait pour les porter un courage, un sang-froid et un mépris de la foule vraiment héroïques ! »

Baudelaire eut un jour ce jugement sur Borel : « ... des ébauches minutieuses, des éclairs orageux, des figures dont quelque chose de trop bizarre [...] altère la naïve grandeur. » Ce qui n'est pas sans évoquer celui que Jacques Rivière porta sur les premiers poèmes d'Antonin Artaud. Est-ce sous l'effet d'une sorte d'effondrement central de la personnalité que Borel, çà et là, perd l'usage de sa langue et se contente de signaler par des pointillés acclamants l'effritement sonore qui le pousse au bout de la phrase ? L'éboule dans un énorme charivari, l'excentre de son récit, l'écartèle entre « la conscience qu'il a de son infériorité dans le rang social et de sa supériorité dans l'ordre moral », explication selon Tzara de sa lycanthropie.

Borel, dit en substance l'auteur de *L'Homme approximatif*, n'est pas un loup-garou par esthétisme. Cette attitude a des racines profondes dans son comportement social. Et certes, opposé à l'homme-chien, l'homme-loup est le rebelle perpétuel, l'indépendant contre les poètes lauréats, contre les charmeurs officiels, contre les embaumeurs.

Borel se fera aussi appeler « le mangeur de rois ». « Je suis républicain, lance-t-il, comme l'entendrait le loup-cervier. » Et, là encore, psalmodiée comme une réplique de Molière surgit la clé : « Mon républicanisme, c'est de la lycanthropie. »

Ce lycanthrope-là se moque des lendemains qui chantent et des flonflons de barricades. Il n'a cure d'aubes radieuses, d'avenirs ripolinés. Il est dans sa nature d'être une créature nocturne et même le soleil est d'or noir sur sa peau boucanée de nudiste heureux.

Si le jeune Borel, à l'époque de son premier grand livre, après les *Rhapsodies* de 1832, *Champavert, contes immoraux*, admire les Montagnards et surtout le plus implacable d'entre eux, Saint-Just, il est possible de croire qu'il s'agit davantage d'une admiration esthétique, d'une fascination pour la dialectique du verbe et de la lame. Borel, comme son modèle, se veut ange exterminateur, le débroussailleur des consciences avachies, moitié Caligula, rêvant d'un peuple unicéphale, moitié Héliogabale. Mais sa quenouille à lui, c'est la fumée d'un cigare espagnol où toute son âme se résume quand il la tisse en cercles bleus, tabac de Maryland, adultère avec le feu. Dans une profession de foi vigoureusement rimée, Borel clame :

La mort sert de morale aux fables de la vie.
La vie est un champ clos de milliaires semé
Où souvent le champion se brise tout armé
À l'unième... Or, voilà le destin que j'envie !
Le monde est une mer où l'humble caboteur,
Pauvre, va se traînant du cirque au promontoire :
Où le hardi forban croise sous l'équateur,
Gorgé du sang du faible, et d'or expiatoire,
Mort, suprême bourreau !... non, plutôt vide, rien,
Basse fosse où tout va... Mort sourde au cri du lâche !
Tous les êtres sont pairs devant ta juste hache,
L'homme et le chien !

Quant à sa prose, elle a peu d'équivalents dans notre littérature. Peut-être celle des jeunes surréalistes, l'Aragon du *Traité du style* – qui, d'ailleurs, célèbre Borel – ou le Crevel d'*Êtes-vous fous ?*, retrouvera-t-elle cette liberté de coupe et cette sinuosité d'allure, avec le sens du mot, de l'expression qui font mouche ou tache d'huile, de l'inversion gratuite, du hiatus en abîme.

Si Piranèse avait écrit des romans ou des contes, sans doute les aurait-il rédigés selon cette règle infrangible de l'entrelacement des ombres et du rayonnement des lueurs, dans l'optique imparable et néanmoins capricieuse d'un soupirail lunaire.

On s'insinue dans la phrase du Lycanthrope comme on traverse un champ couvert de cendres ou semé de l'idée d'un adieu. Tout embarrasse notre lecture. Pour accéder au sens miné de ces contes à mourir debout, il faut dégager le terrain, se frayer un chemin parmi des plans qui se superposent. On ne sait jamais où l'on est, où l'on en est. Borel a inventé son propre climat, ses mappemondes parlantes, sa calculette à sensations, sa boussole affolée. Il dessine plus qu'il n'écrit. C'est une langue à graffiti, à nombres qu'on trace sur la paroi d'une prison ou sur les nuages d'une île introuvable.

> Qu'ils viennent donc, les imposteurs, que je les étrangle ! Les fourbes qui chantent l'amour, qui le guirlandent et le mirlitonnent, qui le font un enfant joufflu, joufflu de jouissances, qu'ils viennent donc, les imposteurs, que je les étrangle ! Chanter l'amour ! [...] pour moi, l'amour, c'est de la haine, des gémissements, des cris, de la honte, du deuil, du fer, des larmes, du sang, des cadavres, des ossements, des remords, je n'en ai pas connu d'autre ! [...] Allons, roses pastoureaux, chantez donc l'amour, dérision ! mascarade amère !
>
> *Champavert le Lycanthrope*, I : « Testament ».

Même si Champavert exprime là toute l'horreur d'un infanticide commis en compagnie de sa maîtresse, qu'il va s'empresser d'aller égorger avant de finir parmi les chevaux abattus à l'équarrissage de Montfaucon, on entend bien, derrière la concession quelque peu mélodramatique faite au conte, la voix rauque de Petrus Borel. Il n'y a là aucun hiatus entre l'auteur et sa créature. C'est bien le Lycanthrope qui, sous les fades madrigaux d'une époque qui raffole de Paul de Kock et d'Octave Feuillet, aperçoit les fleurs de la décomposition, les spectres des laissés-pour-compte d'une société encore bloquée dans ses quartiers.

Le prologue en vers de son grand roman, *Madame Putiphar*, que j'ai déjà évoqué et qui sera descendu par Jules Janin, met en scène trois cavaliers, trois combattants qui se disputent avec acharnement l'être du poète : « Le premier combattant, le plus beau, c'est le monde [...] le second combattant, celui dont l'attitude / Est grave, et l'air bénin, dont la componction / A rembruni la face : or c'est la Solitude, / Le désert [...] le dernier combattant, [...] Niveleur éternel, implacable faucheur, / C'est la Mort ! le Néant ! »

En 1835, Borel traduit le *Robinson Crusoé* de Daniel Defoe. Petrus Borel, comme Robinson, a Merlin l'Enchanteur pour ancêtre. Si Orphée réconcilie les règnes végétaux, les espèces animales, les courants contraires de l'Univers, chaman, sorcier à l'arc musical, qui interprète un monde en quête d'harmonie, de clarté, et qui brûle de délivrer ses sources encore enfouies, Merlin accepte avec transports la sauvagerie de la nature. Mieux, il se veut rendu au lieu de la formule originelle et gardien de ses racines bruissantes. Il se fait homme des bois, escorté par un loup familier.

Comme celle de Merlin, ce n'est pas la parole de Petrus Borel qui transforme la réalité. Il a besoin de se changer profondément lui-même pour proférer les vraies sentences.

Le 13 décembre 1845, à l'instigation de Théophile Gautier, Borel accepte un poste d'inspecteur de la colonisation de 2e classe. Il travaille d'abord à Alger auprès du maréchal Bugeaud, gouverneur général de l'Algérie, puis après la démission de celui-ci, il est nommé à

Mostaganem. Il épouse le 2 septembre 1847 une adolescente qu'il connaît depuis toujours, Gabrielle Claye, la fille de sa maîtresse Marie-Antoinette Grangeret qui lui a donné un fils treize ans plus tôt. Il se fait édifier, selon ses vues, une sorte de manoir, flanqué d'une tour gothique aux pierres blanches comme les cailloux du Petit Poucet, qu'il appelle avec orgueil son « Castel de Haute-Pensée ». Il n'écrit plus guère, raconte les courses que livrent la poussière et le vent, rédige quand même, en 1850, alors que ses amis ont été chassés par le prince-président, un long poème contre les socialistes, « Le voyageur qui raccommode ses souliers ». Borel qui, toute sa vie, aura été hanté, comme Van Gogh, par les souliers, l'image même de notre condition terrestre, y rapetasse la prosodie classique, osant, avant que Raymond Roussel ne rédige ses *Nouvelles Impressions d'Afrique*, un usage iconoclaste de la parenthèse.

Puis il se tait. Les dernières années de sa vie se passent en embrouilles administratives, rappels à l'ordre, lettres justificatives, etc. Il est finalement révoqué, renvoyé à ses domaines d'Utopie, parmi les naturels paisibles sur lesquels il règne tête nue. Pour les filles du sous-préfet de Philippeville, son ami Otten, il se remet à rimer.

Un jour de juillet 1859, il retourne la terre sans avoir voulu porter de chapeau. En plein midi, une insolation le foudroie.

Ainsi mourut celui que j'ai appelé, en pensant au chef-d'œuvre d'Octavio Paz traduit par Benjamin Péret, Pierre de soleil.

ÉPILOGUE

La revanche des ombres.

Non, ce n'est pas encore la fin du livre... Des fureurs jusqu'ici contenues dans les marges, entre les paragraphes, au détour d'un chapitre, commencent à sourdre. Des espérances déçues complotent en secret leur revanche. Des auteurs que je n'ai pas retenus, par souci d'être bref, sortent peu à peu de l'ombre et se regroupent sur le devant de la scène. Les lumières hésitent à se rallumer. Les feux de la rampe agrandissent ces personnages figés dans les habits lustrés d'une parade défunte, leur donnent l'harmonie du spectre. Ce chœur, maintenant réuni, est une grappe d'éclopés de la renommée qui viennent réclamer leur dû, me laissant le soin de décliner leur cendreuse identité.

J'aurais pu, par exemple, parler de Jacques Grévin, compagnon de Jodelle, enragé contre Ronsard. Une fièvre d'enfer secoua sa vie, entrailles de pierre, vagabondages. Médecin, il s'épuisa en autodiagnostics. Croyant, il vomit Rome et célébra Genève. Turin a vu sa fin le 5 novembre 1570. Il a trente-deux ans pour toujours.

Dans sa *Gelodacrye*, il rima la condition des hommes, en un mélange alchimique, le rire qui vient de la terre et les larmes qui pleuvent.

Ou parler de Jean de Sponde, mort à trente-huit ans d'une crise d'extase, le 18 mars 1595. Il erra sur des rives diversement bénies, de repentirs en réconforts, élevé aux plus hautes charges ou jeté dans les cachots accueillants du siècle. Il fut autrement « engeôlé » par le cardinal Du Perron, qui le convertit comme il convertissait tout, jusqu'aux nuages et à la boue. Son père fut massacré par ses nouveaux compères catholiques. Cette tache est sur son âme encore. Sa voix, qui n'est plus qu'un murmure, en porte la blessure. Il aima beaucoup faire des *Stances*, des *Sonnets*, en tapant du pied pour accompagner le soulèvement des mots. On entend cet écho de galop ralenti quand on le lit.

Ou du sieur André Mage de Fiefmelin. En effet, son fief fut un moulin de paroles et il ne fut mage que de ses îles intérieures, Oléron de douleurs, air de Christ, cerf navré par les flèches de la grâce. Il vécut dans les quartiers de la guerre comme un habitant de la Lune, sans y rien comprendre, attentif à tout voir du point de vue d'Orion. Il le rabâche peut-être aujourd'hui aux enfers : « Il n'y a nul salut en la main de Bellone. » Il traça ce vers un soir d'ivresse spirituelle. Il mourut après 1603, si bien caché en lui-même que l'on ne sait quel jour on l'a porté en terre.

Ou de Jean Auvray, maître en palinodies à Rouen, obsédé par l'Immaculée Conception. Pieux le dimanche, aimant son roi toute l'année, il a chéri le confort, les bouillottes, les servantes au poignet leste, et réjoui quelques apparences de damnés en récitant les strophes tourmentées de son *Banquet des muses*. On l'appelait Polidor. Est-il né, est-il mort ? Il paraît qu'il a respiré entre 1580 et 1630. Mais il avait des homonymes. Il y aurait eu, murmure-t-on, beaucoup d'autres Auvray. Et puis, s'est-il même prénommé Jean ?

Ou parler de Pierre Motin. Il connut de près Sigogne et Régnier et tâcha de les égaler, moins expert en gambades que le premier, moins artisan que le second. Il rêva de se faire troglodyte de l'amour, mais les femmes le vexèrent d'une froideur constante. Il s'en vengea dans une *Élégie* ricanante qui commence ainsi : « Que c'est fait sagement aux hommes d'empescher / Les femmes de juger, commander et prescher, / Captivant sous les lois cet animal sauvage / Qui chez les Musulmans est toujours en servage ! » La réputation de Motin fut éphémère. On lui attribua pourtant des tombereaux de poèmes qu'il n'avait jamais médités. Malcontent de la Cour, hanteur de cimetières, partout, comme il l'écrit quelque part, il porta son enfer. La mort est un petit mot qui tinte. Il attendit jusqu'en 1612 pour l'entendre. Il avait déjà quarante-six ans.

Ou de Martial de Brive qui s'appela quelque temps Paul Dumas. Il revêtit le froc des capucins, l'ordre dansant de saint François d'Assise. Il n'a jamais rien fait d'autre que de s'abîmer en poésie. Son corps, soustrait aux tentations du monde, fut une église presque immobile dont ses *Œuvres poétiques et saintes* étaient les vitraux. Il respira Dieu dans une avalanche de cristal, dans des flux de rosée, des larmes d'Orient, dans des neiges d'argent, des émaux de promesses, des soies de ciel, des lits de sable d'or. Sa vie, qui s'acheva vers 1653, fut une paraphrase sur le cantique hurlé de l'Être. Cela mérite-t-il l'oubli ? Il l'espéra, avec l'humilité d'un atome qui vague.

Ou d'Antoine Garaby de La Luzerne, né dans la paroisse de Monchaton le 18 octobre 1617. Il n'a jamais quitté sa province, où sa difformité n'était pas plus étrange que celle d'un arbre tordu par la foudre. Une épaule plus haute que l'autre, il se dandina dans ses sillons, dans ses prairies, avec les lettres de Ménage, de Chapelain, de Vauquelin des Yveteaux dans ses poches. Il établit dans un poème d'assez bonne facture, *Le Noble Campagnard*, « qu'estre vray gentilhomme est estre homme de bien ». Être membre de l'Académie de Caen et chevalier de Saint-Michel a suffi au repos de sa vanité. Il mourut à soixante-deux ans, moissonné le 4 juillet 1679. Il n'a été furieux ni d'amour, ni de bonne chère, ni des Muses, mais des saisons de la terre.

Ou parler de Jacques Du Lorens ou Dulorens ou Du Laurent, sieur d'Ouerré, La Chenardière et La Motte-d'Ataye, né sous le signe des Pléiades en janvier 1580 à Tillières-sur-Avre en Normandie. Partout où il passa, il se querella. Il dit un jour de lui qu'il blesserait un homme en lui jetant des roses. Plût à Dieu qu'il n'ait jamais employé que ces armes ! Le caillou, le crachat, le surin d'une épigramme, le coup de pied au cul des réputations, voilà ce dont il usa pour sa confusion. C'est qu'il avait le sang trop épais, trop embarrassé, les jambes lourdes et le sexe hérissé. Il fit douze enfants à sa femme, Geneviève Langlois, pour qu'elle le laissât un peu tranquille pendant qu'elle était grosse. Jamais une épouse n'a mieux épié son mari que cette nouvelle Mme Socrate. Après sa mort, Du Lorens troussa ces deux petits vers : « Ci-gît ma femme : Ah ! qu'elle est bien, / Pour son repos et pour le mien ! » À soixante-quatorze ans, hors de sens, il se remaria avec une jeunesse. Il avait déjà un pied dans la tombe. Marie de Quenoilles fut sa dernière Parque. Il recommença trois fois son livre de *Satyres.* La ville de Chartres qui l'avait tant blâmé d'être irascible donna son nom à une rue. Son âme y va flotter, apaisée, quelquefois.

Ou de Robert Angot de l'Éperonnière qui pilla tout le monde, ennuyé d'écrire mais ivre de recopier. Il préféra dessiner en mots, calligrammes avant la lettre, un luth, une croix, des œufs. Il figura les bouteilles où il but et le laurier qui couronna ses impostures. Il prit pour son œuvre principale un titre énigmatique : *Les Exercices de ce temps.* Ce sont, en quelque sorte, ses *Misères de la guerre*. Il ambitionna d'être le Jacques Callot des poètes. Né en 1581, il vivait encore en 1640.

Ou du sieur de La Croix dont on ne sait rien, sinon qu'il aima plaider au parlement de Bordeaux. Il rédigea deux tragi-comédies, *La Climène*, pastorale dédiée à Mme des Loges (1629) et *L'Inconstance punie ou la Mélanie*, dédiée à Aristandre, avec un argument (1630). Il usa dans ses pièces d'une prosodie ralentie, coulante, aux véhémences enveloppantes, aux pointes mouchetées, comme si la fureur était un couloir de palais, un dédale chuchotant où sonne clair le pas de la Justice. Charles Baudelaire le lisait et lui emprunta la tonalité de quelques-uns de ses vers les plus morbides.

Ou parler de Baraton, plus obscur encore et plus mystérieux que celui qui l'a précédé. Sa naissance ? Un point d'interrogation. Sa mort, une hypothèse malveillante qu'on date de 1725. Il lança des épigrammes contre tout le monde, célèbres ou inconnus. Son boucher, un Normand, un président de Baugé en Anjou, une riche laide, un mauvais poète. Il collabora au *Dictionnaire de rimes* de Richelet. La rime fut son oracle.

Ou de François-Joseph de Chancel, dit Lagrange-Chancel, qui sut rimer avant de savoir lire. Corneille et La Calprenède illustrèrent son enfance. À quatorze ans, il avait déjà écrit et joué *Jugurtha*, sa première tragédie qui plut à la Cour. Ses œuvres suivantes lui valurent l'estime du public mais peu de gloire. Son ami, le duc de La Force, n'hésita pas à lui dérober *Ino et Mélicerte.* Cet attentat détermina sa haine pour les nobles et il s'en prit même au Régent dans ses retentissantes *Philippiques.* On l'emprisonna dans une île, Sainte-Marguerite, d'où il parvint à s'échapper. Il erra en Sardaigne, en Hollande et ne revint en France qu'après la mort de Philippe d'Orléans. Le reste de sa vie fut une longue maussaderie, un chapelet de vexations. Retiré dans le château d'Antoniat où il était né, il mourut le lendemain de Noël 1758, obsédé par la peur qu'on ne le raille et que ses tirades ne rejoignent celles de Crébillon dans le trou du souffleur de l'oubli. Il ne fut pas méchant, on le vit souvent aussi doux qu'un lévrier, aussi patient qu'une tortue. D'où vient qu'il fut si fort et si longtemps en colère ? Que ses fulminations illuminent encore le versant de ses textes ? Ne serait-il pas un peu vivant ?

Ou de Ponce-Denis Écouchard Lebrun, qu'on appela Lebrun-Pindare. Il a trop ambitionné d'être sublime. Ses *Odes* faisaient bâiller même son chien. Il rima des poèmes d'amour à sa diablesse de femme, Anne-Marie de Surcourt, qu'il appelait Fanny, brama des *Élégies* qui chantent, à peu près, dans le ton des âmes du Purgatoire. Que de larmes, que d'épuisements feints ! Alors qu'il fut un gaillard qui battait sa femme et honorait ses bonnes avec la vigueur d'un garde-française.

C'est là qu'il fut le mieux au fait des Muses, dans le déduit ou dans la gifle. En un siècle où l'on en a fait beaucoup, il a battu le record des épigrammes, 636, sans compter celles qu'il égara au cabaret ou dans un lit de fortune. L'épigramme, c'est l'art de finir. Il ne l'eut guère que sur le papier. Aveugle comme Homère, vivant dans une chambre, il donna son nom illustre et méprisé à une servante qui le trahit. N'était-ce pas justice envers lui qui avait tant fait le caméléon par amour des pouvoirs ? Révolutionnaire, puis bonapartiste, il mourut, en une pointe fatale, au Palais-Royal, le 2 septembre 1807, à soixante-dix-huit ans.

Ou de Nicolas-Joseph-Laurent Gilbert, l'infortuné. Il a tant mendié la gloire qu'on lui jeta du silence à la face. Aussi bien marcha-t-il à reculons, inattentif à la direction du vent, préférant Fréron à Voltaire et l'abbé Crillon à l'abbé de Condillac. Il mourut des suites d'un galop. Une brume, quelque temps avant son passage dans l'autre monde, installa dans sa tête un horizon paisible et il écrivit une *Ode imitée de plusieurs psaumes* où ses aigreurs anciennes avaient disparu. Comme si l'aile d'un ange venait toucher ses lèvres, il revint à lui, tel un Lazare encore adolescent, pour dire adieu à la vie. Il détesta son siècle et ses prétendus novateurs. Peut-être fut-il un trop bon élève ?

Ou d'Alphonse Esquiros, l'auteur du *Magicien.* Un jour, il jeta sur le papier la première phrase du livre auquel il doit une timide postérité : « Le mercredi vingt-huitième de mars mil cinq cent soixante et onze, le soleil couchant versait sur Paris une tiède lumière, qui émoussait les angles des rues et égayait, sur les toits, les pauvres et les oiseaux. » Il écrivit tout le récit, presque sans pause, dans un état second, jusqu'à la dernière phrase du chapitre XLVII : « Il tomba mort. » Il avait vingt-quatre ans lorsque parut *Le Magicien* (1838). On ne comprit rien à cette description d'un combat entre le rêve et le réel. On a soupçonné chez Esquiros, les uns quelque pose, les autres une accointance avec les forces des ténèbres. Quand il se rapprocha de Lamennais et plus tard du courant socialiste, on a feint de voir en lui, contradictoirement, un illuminé familier de l'ombre, on l'a imaginé célébrant d'improbables messes avec sa femme, une institutrice ardente engagée dans le mouvement révolutionnaire, Adèle Battanchon, et quelques disciples recrutés par hypnose. Aujourd'hui, on le dirait chef de secte, gourou barbu parlant au nom de la France sourde-muette, alors que c'était encore un rêve qui l'animait, dont il aimait caresser jusqu'aux lézardes futures, jusqu'au lierre de rhétorique entêté à fleurir qui l'ennoblissait. Horreur ! Esquiros, qui s'était cru mage ou ange, mourut en potentat politicien, sénateur, en 1876.

Ou parler de Charles Barbara. Comme Charles Lassailly, il naquit à Orléans. Champfleury, Nadar, Baudelaire l'accueillirent quand il vint à Paris. C'est lui que Murger, dans ses *Scènes de la vie de bohème*, appela Carolus Barbemuche. Il vit plusieurs fois Paganini jouer ses *Caprices* en solo. Ce grand diable d'Italien au front hérissé de mèches vibratiles, aux lèvres serrées, aux yeux furibonds, se déhanchait en donnant sur les cordes de violents coups de son gigantesque archet, lançait tantôt une jambe, tantôt l'autre, se lovait soudain dans une enveloppante mélodie pour aussitôt jaillir, au signal d'une sorte de crissement de craie sur un tableau noir, comme un génie d'une bouteille. Ces soirs-là, fasciné, comme il l'était lors des conférences du psychiatre Baillarger, Barbara avait compris que la musique est la musique du temps, l'énergie même de l'inquiétude, et que seul un virtuose exceptionnel peut rendre les palpitations incompréhensibles des âmes et les pesanteurs averties des choses. *La Leçon de musique*, *Esquisse de la vie d'un virtuose*, *L'Accordeur* en disent quelques notes. Il ne fut jamais très heureux sur cette terre. Comme le divin Young, il perdit en une semaine les êtres qui lui étaient le plus chers, son plus jeune enfant, sa femme. On le transporta à l'hôpital Dubois (« dont on fait les cercueils », comme plaisantera Corbière agonisant). Le 20 septembre 1866, à quarante-neuf ans, il y enjamba une fenêtre pour étreindre le vide.

Ou encore d'Alexis-Vincent-Charles Berbiguier, né à Carpentras en 1764. Il se fit appeler Berbiguier de Terre-Neuve du Thym, plante qui a des vertus d'exorcisme. Il fut toute sa longue et morne vie persécuté par ces créatures du songe et de l'ennui dont le nom a l'air vif, enfantin, mais qui n'ont de cesse de se jouer des esprits faibles, les farfadets. Berbiguier, infirme, vierge et religieux, décrivit en trois volumes ses éternels combats contre ses ennemis aériens, 1272 pages de chicane, de pièges, de stratagèmes savants, baquet révélateur ou bouteille-prison. « Je vous y tiens, je vous y tiens / dans la bouteille, / À merveille... » jubilait-il quand il avait pu capturer quelques représentants de l'engeance maudite. Les *Mille et Une Nuits* de cette Schéhérazade du bizarre parurent en 1821 à Paris sous un titre dont l'évidence aveugle : *Les Farfadets ou Tous les démons ne sont pas de l'autre monde*. Et le sultan, qu'il désignera bientôt comme le général en chef de ses bourreaux, c'est l'aliéniste Pinel. Comme beaucoup de furieux, Berbiguier mourra à un âge avancé, en 1852, à l'hospice de Carpentras, enfin livré à l'appétit de ses capricieux tourmenteurs.

Etc.

BIBLIOGRAPHIE
FURIEUSEMENT SUCCINCTE

Almanach des muses, 1774.

L'Amour de Madeleine. Sermon anonyme du XVIIIe siècle traduit par Rainer Maria Rilke. Introduction et postface : Claire Lucques. Arfuyen, Paris, 1992.

Anthologie de la poésie française du XVIIe siècle. Édition de Jean-Pierre Chauveau, « Poésie », Gallimard, Paris, 1987.

Anthologie poétique française du XVIIIe siècle. Édition de Maurice Allem, Garnier-Flammarion, Paris, 1966.

Barbara (Charles), *Esquisse de la vie d'un virtuose.* Viviane Hamy, Paris, 1990.

Benserade (Isaac de), *Œuvres.* Reprint de l'édition de 1698, Slatkine, Genève, 1981.

Berbiguier (Alexis Vincent Charles), *Les Farfadets ou Tous les démons ne sont pas de l'autre monde.* Préface de Claude Louis-Combet, J. Millon, 1990.

La Bible. Traduction de Pierre de Beaumont, Fayard/Mame, Paris, 1981.

Bloy (Léon), *L'Âme de Napoléon.* « L'Imaginaire », Gallimard, Paris, 1983.

Borel (Petrus), *Champavert, contes immoraux.* Le Chemin Vert, Paris, 1985.

Borel (Petrus), *Madame Putiphar.* Reprint de l'édition de 1877, Slatkine, Genève, 1967.

Bréhat (René), *Lamennais ou le prophète Féli.* Nouvelles Éditions Latines, Paris, 1966.

Casanova (Giacomo Girolamo), *Mémoires.* Édition de Robert Abirached, « Bibliothèque de la Pléiade », Gallimard, Paris, 1958.

Chaudon (M. L.) et Delandine (F. A.), *Dictionnaire historique.* Bruyset aîné et Cie, Lyon, 1804.

Chérel (Albert), *De Télémaque à Candide.* Del Duca, Paris, 1958.

Cioran (E. M.), *Exercices d'admiration : essais et portraits.* « Arcades », Gallimard, Paris, 1986.

Colardeau (Charles-Pierre), *Œuvres complètes* (édition posthume), 1778.

Crébillon (Prosper), *Œuvres.* Brocas fils, Paris, 1754.

Crevier (Mr.), *Rhétorique française.* Faillant Desaint, Paris, 1767.

Dictionnaire des œuvres érotiques : domaine français. Préface de Pascal Pia, Mercure de France, Paris, 1971.

Domairon, *Principes généraux des belles-lettres.* Laporte, Paris, 1785.

Du Monin (Jean-Édouard), *Nouvelles Œuvres.* Parant.

Du Monin (Jean-Édouard), *L'Uranologie ou le Ciel.* G. Julien, 1583.

Esquiros (Alphonse), *Le Magicien.* « Romantiques », L'Âge d'Homme, Lausanne, 1978.

Feeling (Lord), *Scènes de la vie castillane et andalouse.* Viviane Hamy, Paris, 1991.

Fernandez (Ramon), *Itinéraire français.* Éditions du Pavois, Paris, 1943.

Fleuret (Fernand) et Perceau (Louis), *Les Satires françaises du XVIIe siècle.* Garnier Frères, Paris, 1923.

Fouchet (Max-Pol), *Anthologie thématique de la poésie française.* Seghers, Paris, 1958.

Gautier (Théophile), *Les Grotesques.* Reprint de l'édition de 1897, Slatkine, Genève, 1969.

Guérin (Maurice de), *Œuvres complètes.* Correspondance. « Les Textes français », Société Les Belles-Lettres, Paris, 1947.

Henriot (Émile), *Les Romantiques.* Albin Michel, Paris, 1953.

Hugo (Victor), *Œuvres poétiques.* Édition de Pierre Albouy, « Bibliothèque de la Pléiade », Gallimard, Paris, 1987.

Hugo (Victor), *Œuvres complètes.* Édition de Jean Massin, Le Club français du livre, Paris, 1967-1969.

Janin (Jules), *L'Âne mort et la Femme guillotinée.* « Bibliothèque Excentrique », Marabout, Verviers (Belgique), 1974.

Jardins en France 1760-1820. Catalogue de l'exposition de 1977 à l'hôtel de Sully.

Jodelle (Étienne), *Œuvres complètes.* Édition d'Eneas Balmas, Gallimard, Paris, 1965.

L'Estoile (Pierre de), *Mémoires-Journaux.* Lemerre, Paris, 1888.

L'Hermite (Tristan), *Poésies.* Seghers, Paris, 1962.

L'Hermite (Tristan), *Le Page disgracié.* Presses Universitaires de Grenoble, Grenoble, 1980.

La Harpe (Jean-François de), *Cours de littérature ancienne et moderne.* P. Dupont, Paris, 1825.

Lamennais (Félicité Robert de), *Les Paroles d'un croyant.* « Nouvelle Bibliothèque romantique », Flammarion, Paris, 1973.

Lassailly (Charles), *Les Roueries de Trialph, notre contemporain avant son suicide.* Reprint de l'édition de 1833, Slatkine, Genève, 1973.

Lebègue (Raymond), *La Tragédie française de la Renaissance.* Office de publicité éditeurs, Bruxelles, 1954.

Marsais (Monsieur de), *Des tropes ou des différents sens dans lesquels on peut prendre un même mot dans une même langue, ouvrage utile pour l'intelligence des auteurs & qui peut servir d'introduction à la rhétorique & à la logique*, 1801.

Maulnier (Thierry), *Langages*. Éditions du Conquistador, Lausanne, 1946.
Michelet (Jules), *Histoire de France*. Hetzel, Paris.
Nathan (M.), *Anthologie du roman populaire : 1836-1918*. 10/18, Paris, 1985.
Papillon de Lasphrise (Marc de), *Les Amours de Théophile. L'Amour passionnée de Noémie*. Slatkine, Paris, 1979.
Peyrefitte (Roger), *Voltaire, sa jeunesse et son temps*. Albin Michel, Paris, 1985.
Piron (Alexis), *Œuvres choisies*. Garnier, Paris, 1927.
Poètes du XVIe siècle. Édition d'Albert-Marie Schmidt, « Bibliothèque de la Pléiade », Gallimard, Paris, 1952.
Précis de littérature française du XVIIe siècle, sous la direction de Jean Mesnard : « Sous le signe de Protée. 1594-1630 » par Marc Fumaroli. P.U.F., Paris, 1990.
Rabbe (Alphonse), *Album d'un pessimiste*, suivi du *Portefeuille d'un pessimiste*. « Romantique », José Corti, Paris, 1991.
Retz (Cardinal de), *Œuvres*. Édition de Marie-Thérèse Hipp et Michel Pernot, « Bibliothèque de la Pléiade », Gallimard, Paris, 1987.
Romanciers du XVIIIe siècle. Édition d'Étiemble, « Bibliothèque de la Pléiade », tome 2, Gallimard, Paris, 1965.
Ronsard (Pierre de), *Œuvres complètes*. Édition de Gustave Cohen, « Bibliothèque de la Pléiade », Gallimard, Paris, 1938.
Rosières (Raoul), *Recherches sur la poésie contemporaine*. A. Laisney, Paris, 1896.
Roubaud (Jacques), *Soleil du soleil, anthologie du sonnet français de Marot à Malherbe*. P.O.L., Paris, 1990.
Roudaut (Jean), *Poètes et Grammairiens au XVIIIe siècle*. Gallimard, Paris, 1971.
Rousseau (Jean-Baptiste), *Œuvres*. Didot, Paris, 1753.

Rousset (Jean), *La Littérature de l'âge baroque en France.* José Corti, Paris, 1989.

Sabatier (Robert), *Histoire de la poésie française* (vol. 2, 3, 4, 5). Albin Michel, Paris, 1977.

Saint-Louis (Pierre de), *La Magdeleine au désert de la Sainte-Baume.* Lyon, 1668.

Sainte-Beuve, *Mes poisons.* 10/18, Paris, 1965.

Sarasin (Jean-François), *Œuvres.* Festugière-Champion, Paris, 1926.

Schmidt (Albert-Marie), *La Poésie scientifique en France au XVIe siècle.* Albin Michel, Paris, 1938.

Sigogne (Charles de), *Les Satyres.* Édition de Fernand Fleuret et Louis Perceau, J. Fort, Paris, 1920.

Steinmetz (Jean-Luc), *La France frénétique de 1830.* Phébus, Paris, 1978.

Steinmetz (Jean-Luc), *Petrus Borel, un auteur provisoire.* Presses Universitaires de Lille, Lille, 1986.

Tallemant des Réaux (Gédéon), *Historiettes.* Édition d'Antoine Adam, « Bibliothèque de la Pléiade », Gallimard, Paris, 1960.

Théâtre de foire au XVIIIe siècle. Présenté par Dominique Lurcel, 10/18, Paris, 1983.

Théâtre du XVIIIe siècle. Édition de Jacques Truchet, « Bibliothèque de la Pléiade », Gallimard, Paris, 1972.

Vadé (Yves), *L'Enchantement littéraire. Écriture et Magie de Chateaubriand à Rimbaud.* Gallimard, Paris, 1990.

Wieclawik (Lucienne de), *Alphonse Rabbe dans la mêlée politique et littéraire de la Restauration.* Nizet, Paris, 1963.

INDEX

TABLE

CE VOLUME EST LE QUARANTE-QUATRIÈME
DE LA COLLECTION « MINOS »

ISBN : 2-7291-1636-2

Achevé d'imprimer sur les presses de
l'Imprimerie France Quercy à Mercuès
N° d'impression : 61454
Dépôt légal : juin 2006

Imprimé en France